光文社文庫

文庫書下ろし／長編時代小説

唐渡り花

闇御庭番㈣

早見　俊

光　文　社

この作品は光文社文庫のために書下ろされました。

目次

公儀御庭番は、八代将軍徳川吉宗が創設した将軍直属の情報機関。表向きは城中の清掃、警固などを役目としたが、実態は諸大名の動向や市中探索などの諜報活動をおこなう。

菅沼外記は、御庭番の中でも一切表に出ない破壊活動「忍び御用」を役目とする一人であった。


十二代将軍家慶は、十一代家斉と側室お楽の方との間に、家斉の次男として生まれた。寺社奉行、大坂城代、京都所司代、西ノ丸老中を歴任して老中首座に登り詰めた水野忠邦（越前守、浜松藩主）を中心に、家斉の死後、「天保の改革」を断行する。

水野の懐刀として、改革に反する者を取り締まったのは鳥居耀蔵（甲斐守）。儒者林述斎の三男として生まれ、旗本鳥居一学の養子となった。目付をへて南町奉行に就任。厳しい取り締まりのため、「妖怪（耀甲斐）」と恐れられた。

大橋
鐘ヶ淵
隅田村
千住道
小塚原
日本堤
隅田川
田端
三河島
日暮里
駒込
谷中
金杉上町
新吉原
山谷堀
今戸町
今戸橋
聖天町
鷲神社
千駄木
白山
下谷
東叡山
寛永寺
奥山
浅草寺
東本願寺
浅草花川戸町
根津権現
本郷
御薬園
小石川
中堂
幡随院
広徳寺
阿部川町
吾妻橋
伝通院
不忍池
新堀川
田原町
竹町ノ渡し
三間町
並木町
駒形堂
菊坂町
池之端仲町
下谷広小路
御徒町
蔵前
春日町
水戸徳川家
湯島天神
牛込
森田町
御米蔵
神田明神
神田川
外神田
神楽坂
牛込御門
小石川御門
水道橋
筋違御門
練塀小路
浅草橋
天王町
柳橋
百本杭
御竹蔵
本所
番町
昌平橋
多町
和泉橋
柳原土手
両国広小路
藤代町
田安御門
俎板橋
雉子橋御門
一ツ橋御門
市谷
内神田
馬喰町
両国橋
回向院
相生町
竪川
神田橋御門
今川橋
薬研堀
市谷御門
清水御門
三河町
小伝馬町
一ツ目之橋
二ツ目之橋
大伝馬町
日本橋
本銀町
常盤橋御門
新大橋
北町奉行所
小名木川
室町
万年橋
麹町
江戸城
江戸橋
深川
霊巌寺
半蔵御門
呉服橋御門
日本橋
南茅場町
仙台堀
南町奉行所
西之御丸
組屋敷
八丁堀
永代橋
鍛冶橋御門
京橋
富岡八幡宮
霊岸島
小松町
永田町
桜田御門
永代寺
赤坂御門
西本願寺
石川島
山王日枝神社
数寄屋橋御門
越中島調練場
新橋
築地
佃島
溜池
幸橋御門
汐留橋

江戸幕府と町奉行所の組織(江戸後期)

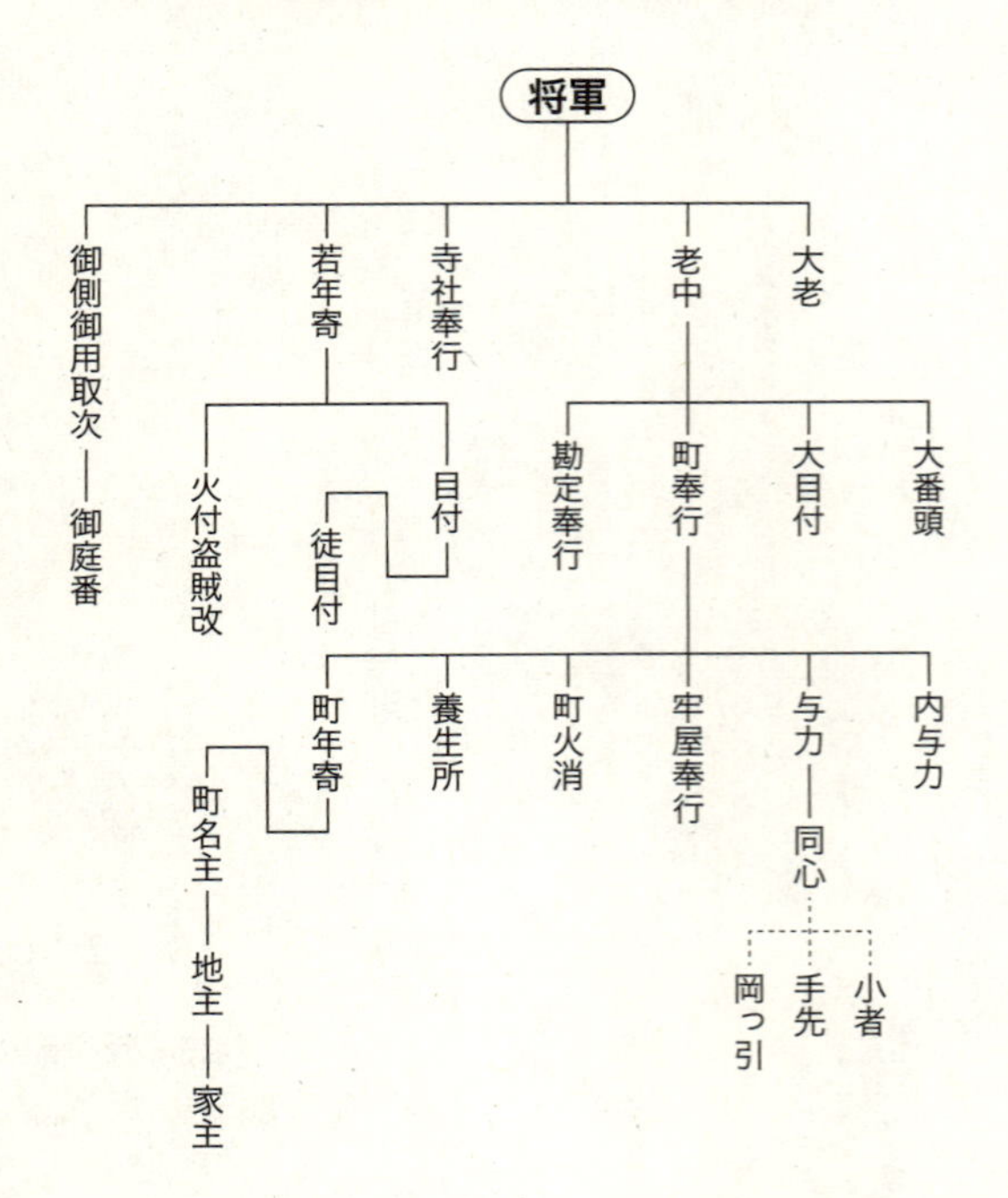

＊本図は江戸後期の幕府と町奉行所のおおまかな組織図。

＊幕府の支配体制は老中(政務担当)と若年寄(幕臣担当)の二系統からなる。最高職である老中は譜代大名三〜五名による月番制で、老中首座がこれを統括した。

＊町奉行は南北二つの奉行所による月番制で、江戸府内の武家・寺社を除く町方の行政・司法・警察をつかさどった。

＊小者、手先、岡っ引は役人には属さず、同心とは私的な従属関係にあった。

主な登場人物

菅沼外記（相州屋重吉）……十二代将軍家慶に仕える「闇御庭番」。
お勢……辰巳芸者と外記の間に生まれた娘。常磐津の師匠。
村山庵斎……俳諧師。外記配下の御庭番にして、信頼される右腕。
真中正助……相州浪人。居合師範代で、お勢の婿候補。
小峰春風……絵師。写実を得意とする。
義助……棒手振りの魚屋。錠前破りの名人。
一八……年齢不詳の幇間。

水野忠邦……老中首座。天保の改革を推進する。
鳥居耀蔵……水野忠邦の懐刀と目される南町奉行。「妖怪」とあだ名される。
藤岡伝十郎……南町奉行・鳥居耀蔵の内与力。
村垣与三郎……公儀御庭番。
美佐江……浅草・観生寺で手習いを教える。蘭学者・山口俊洋の妻。
山口俊洋……蘭学者。美佐江の夫。現在は小伝馬町牢屋敷に入牢している。
江川太郎左衛門……韮山代官。伊豆国を中心とした幕府直轄領を管轄する。

序

抜けるような青空の下、ホンファは舞台狭(せま)しと舞っている。優美な唐代(とうだい)の宮廷服に身を包み、琵琶(びわ)や二胡(にこ)の調べに合わせて長い手足を動かす様(さま)は天女が舞い降りたようだ。

小高い丘に構えられた自邸の庭、両親と兄や奉公人たちに見守られ、ホンファは生きる喜び、育ててくれた両親への感謝を舞踊(ぶよう)に表していた。調べに合わせ、身体をくねらせ、仰(の)け反(ぞ)らせ、跳(は)ね上がる。

琵琶の音色が激しくなり、ホンファも躍動(やくどう)してゆく。独楽(こま)のように回転し、やがて打ち鳴らされる大銅鑼(おおどら)を待つ。

しかし、大銅鑼は鳴らされない。

代わりに奉公人たちが騒ぐ声が耳に入った。

ホンファの動きが鈍(にぶ)る。

大勢の男たちが乱入してきた。清国(しんこく)の民ではない。父から薬種(やくしゅ)を仕入れている日本の海賊たちだ。

「阿片など売らないよ、江戸に帰れ！　辰五郎に言え！」

父が男たちに怒鳴った。

男たちは何事か日本の言葉で喚き返した。

「おまえたち、英国人から阿片を買っているな」

兄が男たちに詰め寄った。

物も言わず、男たちは刃物を抜き兄の胸に突き刺した。鮮血が飛び散り、兄がくずおれる。間髪を容れず、男たちは庭に油をまき始める。止めに入る父を男たちは突き飛ばした。地べたに転がりながら、父は男たちの足にしがみつく。無情にも男たちは父に油を振り注いだ。

「逃げなさい」

母が舞台に駆け上がってきた。

一瞬の躊躇いの後、必死の形相で訴える母に気圧され、ホンファは舞台の裏手に飛び降りた。その時、炎が立ち上った。

父と母の断末魔の悲鳴がホンファを引き止めたが、耳を塞いで走り続ける。

どれくらい走っただろうか。息が切れ咳き込んでしまった。耳から両手を離し口を押さえる。炎に弾ける木々の音が耳をつんざいた。父や母や兄、そして奉公人たちの悲鳴のようだ。

ホンファは振り返り火柱と化した屋敷を見た。

涙は出ない。悲しみも感じない。突如として降りかかった悲劇に成す術もなくホンファは呆然と立ち尽くした。

「ニホン……エド……タツゴロウ、カイゾク」

口の中でホンファは繰り返した。

繰り返すうちに、ホンファの胸には屋敷を呑み込む火事にも負けない激しい情念の炎が燃え盛ってきた。

第一話　亡国の粉

一

冷え冷えとした夜空の下、菅沼外記は深川北森下町の一角にある二階家にやって来た。

格子戸を開ける。軋んだ音が静寂を揺るがし、闇の奥に行灯の灯りが滲んでいた。履物を脱ぐのももどかしく式台に上がり、廊下を走る。

「お志摩！」

辿り着いたはずなのに、なぜかその部屋は遠のいていく。焦りに突き動かされ、駆け続ける。しかし、目指す部屋は離れてゆくばかりだ。

「お志摩！」

再び叫んだとき、背後で殺気がした。

外記は振り返った。黒い影が襲いかかってくる。刃が不気味な煌めきを放ち、生き物のように外記を襲う。外記も抜刀して応戦した。いくつかの影が脇をすり抜け、背後に回る。

すばやく、背後の敵に向かおうとした。

が、正面の敵の刃が外記の眼前に迫っていた。

刹那、外記は刃を搔い潜り、大刀を横に一閃させた。

敵は言葉も悲鳴も立てずに倒れる。

すかさず部屋に辿り着き、襖を開けた。

「お志摩、戻ったぞ」

布団にお志摩が横たわっている。

外記はお志摩の枕もとに座り込んだ。傍らで十歳ばかりの少女が視線を向けてくる。

「お勢、母上は……」

外記の問いかけにお勢と呼ばれた少女は首を横に振った。外記はお志摩の身体を揺すぶった。お志摩の瞼が開かれることはなかった。

「お志摩、お志摩！」

外記の絶叫が部屋の空気を震わせた。

そのとき、大刀が外記の頭上に振り下ろされた。

「……父上、父上。どうされたのです」

耳元で女の声がする。

「う、ううむ」

外記は呻き声を漏らすと身をよじった。

「起きてください」

再び女の声がし、目の前が明るくなった。

「うなされておられましたよ」

上半身を起こした外記に向かってお勢が言った。十歳の少女ではなく、二十五歳の成熟した女である。

——夢か——

ぐりぐりと外記は首を回した。

障子が開け放たれ、朝日が部屋中に溢れていた。縁側に並べられた植木鉢の福寿草が黄色い花を揺らしている。初春の澄んだ空気は冷気を帯び、布団の温もりがありがたい。

一陣の風が吹き、外記は盛大なくしゃみをした。

寝汗が寝巻きを背中に貼り付かせていた。

菅沼外記は、忍び御用を役目とする公儀御庭番だった。だった、というのは昨年の四月、外記は表向き死んだのだ。

以後、死を装い生きている。

そんな理不尽な生き方をしなければならなくなったのは、将軍徳川家慶の命を受け、元公儀御小納戸頭取中野石翁失脚の工作を行ったことに起因する。

石翁は、養女お美代の方を大奥へ送り、先代将軍家斉の側室とした。お美代の方は数多いる側室の中でも最高の寵愛を受けた。石翁は家斉のお美代の方への寵愛を背景に、巨大な権勢を誇示した。大奥出入りの御用達商人の選定はもとより、幕閣の人事にまで影響力を持った。

傾いた幕府財政を建て直すべく改革を行おうとする家慶と老中首座水野越前守忠邦にとって、既得権益の上に胡坐をかく石翁は大きな障害だった。そこで、外記に石翁失脚の忍び御用の命が下されたのだ。

外記の働きにより、石翁は失脚した。すると、水野は口封じとばかりに外記暗殺を謀ったのである。外記は間一髪逃れたが、表向き死んだことになり、家慶によって、将軍だけの命を遂行する御庭番、つまり、「闇御庭番」に任じられた。

改革は必要であるが、行き過ぎは庶民を苦しめるばかりである。水野や、その懐刀である公儀目付鳥居耀蔵の行き過ぎた政策にお灸を据える役割を担うことになったのだ。

外記は縁側に立ち大きく伸びをし、朝日に向かって柏手（かしわで）を打った。

年が明け、五十路（いそじ）を迎えたが、きびきびとした動作は歳を感じさせない。目鼻立ちが整った柔和（にゅうわ）な顔、総髪（そうはつ）に結（ゆ）った髪は白髪が混じっているものの、豊かに波打ち肩に垂れていた。

「あら、よほど、怖い夢をご覧になったのですね。お背中がびっしょりですよ」

お勢が傍らに立った。

「逆夢（さかゆめ）ということにしておく」

空を見上げたまま外記は答えた。

「寝巻きを脱いでください。お風呂の支度ができていますよ」

「わかった」

冷気が身を切るが、新春を迎えたという気持ちが寒さを跳ね返す。

橋場（はしば）鏡（かがみ）ヶ池（がいけ）を見下ろす小高い丘の上にある外記の住まいは、二百坪ほどの敷地に生垣（いけがき）が巡り、庭に大きな杉の木が二本植えられている。元は商人の寮（りょう）であったこの家は、藁（わら）葺（ぶ）き屋根の百姓家の佇（たたず）まいを見せていた。

朝の日差しが縁側をやわらかに温めていた。庭では猫と見間違うほどの小さな黒犬が腹を見せ、仰向(あおむ)けに寝そべって日光を全身で受け止めている。外記の飼い犬ばつである。

　ばつは外記の姿を見ると縁側に走り寄り、一声放った。

「ばつ、新年の挨拶(あいさつ)か。今年もよろしくな」

　外記はばつを抱き上げた。ばつの温もりが悪夢を流し去ってくれるようだ。

――久しぶりにお志摩の夢を見るとは。しかも、初夢に――

　外記は何年ぶりかで愛妾(あいしょう)の夢を見たことに思いを馳(は)せた。見たことには心当たりがある。昨年の秋に知り合った女、美佐江(みさえ)の存在だった。美佐江はお志摩に生き写しだったのだ。外記は美佐江に亡きお志摩の面影(おもかげ)を重ね合わせ、お勢には内緒で何度か訪ねている。

「さあ、早く、お風呂に。風邪をひきますよ」

　背後でお勢の声がした。

　外記はばつを庭に下ろすと、無言で風呂場に向かった。

　天保(てんぽう)十三年（一八四二）正月二日の朝であった。

　昼になり、十畳の座敷には外記配下(はいか)の闇御庭番たちが集まった。外記は髪を総髪に結い黒羽二重(くろはぶたえ)の紋付(もんつき)、袴(はかま)に居ずまいを正している。

「さ、みんな、飲んでおくれな」

お勢はお屠蘇を配下の者たちに注いで回った。

奢侈禁止令の取り締まりが激化しているとあって、正月にもかかわらず地味な弁慶縞の小袖に黒地の帯、島田髷に結った髪にも朱の玉簪を挿しているだけだ。だが、常磐津の師匠を生業とし、辰巳芸者であった母、お志摩の血がそうさせるのか、きびきびとした所作の中に匂い立つような色気を放っている。はっきりと整いすぎた目鼻立ちが勝気な性格を窺わせてもいた。

お勢は十歳まで母の家で育った。十歳の時、お志摩は病で死に、外記に引き取られる。以後は武家屋敷で暮らしたため、武家言葉と町人言葉が入り交じっている。今日も格式ばった武家言葉と砕けた町人言葉を交え、来客に挨拶して回っている。

集まった者は外記配下の者、五名だ。

お勢はまず、最も年長の男の杯に屠蘇を注いだ。

村山庵斎、表向き俳諧師を生業としている。歳は外記より五歳上の五十五歳。焦げ茶色の宗匠頭巾を被り、黒の十徳、袴に身を包んでいる。口と顎に豊かな白い髭を蓄え、柔和な目をしている。外記とは四十年以上のつき合いで、言ってみれば片腕といえる男だ。

「お勢ちゃん、ありがとうな。ええっと……初春の宴に託す良き年を、いかん、正月早々、駄句を捻ってしまった」

庵斎はうれしそうな笑みをたたえた。

次に注いだ小峰春風は、口と顎に真っ黒な髭を蓄えた中年男である。庵斎と同様、身に着けているのは十徳だ。但し、俳諧師ではなく絵師である。絵は独学だが、その写実的な画風は、人であろうと、建物、風景であろうと正確無比に描き出すことができる。

「みながせっかく集まったのだ。絵にしようか」

春風は懐紙にさらさらとした筆使いで宴の様子を描き始めた。

ついで真中正助は相州浪人である。歳は二十六歳、目元涼やかな中々の男前で関口流宮田喜重郎道場で師範代を務めている。関口流は居合いの流派だが、血を見ることが苦手とあって得意技は峰打ちという少々変わった男だ。実直を絵に描いたような男であった。

「お勢どの、かたじけない」

真中らしい律儀な挨拶に対し、

「ちょいと、真中さん。年が変わっても堅苦しいね」

お勢は砕けた調子で返した。みなから笑いが起きる。真中は顔を赤らめ押し黙った。

次の義助は若い男で棒手振りの魚売りを生業にしている。普段は紺の腹掛けに半纏、股引という格好だが、今日はどこで借りてきたのか羽織、袴を着込んできた。だが、寸法が合わず羽織の袖はぶらぶらとし、袴は長過ぎて引きずっている。

「お勢姐さん、いい酒ですね。今年も美味い酒が飲めますように」

義助は目を細め、注がれた屠蘇を見た。

最後は幇間だ。頭を丸め、派手な小紋の小袖に色違いの羽織を重ねた年齢不詳の男、一八だった。

「いよ、お勢姐さん、新年を迎えて一段と、お美しくなりましたね。匂い立つようだ」

「わたしによいしょすることはないわよ」

お勢は一八の杯にも屠蘇を注いだ。

「行き渡ったな」

お勢がみなの膳を回ったところで外記は杯を右手で掲げた。ところが、外記は下戸である。一滴も飲めないのだが、屠蘇ばかりは形だけ杯に口を付けることにしている。

「では、新年、明けましておめでとう」

外記が言うと一斉に、「おめでとうございます」と唱和された。

「新年を迎えた。が、今年は昨年までとは違う」

外記はみなを眺め回した。言葉通り、例年とは違う厳しい表情を浮かべる外記にみなも緊張の面持ちとなった。外記は改めて、昨年水野に命を狙われ、将軍家慶の闇御庭番にな

つた経緯を語り、

「今年が厳しい年となるは必定。水野は改革の名の下に庶民の楽しみを根こそぎ奪っていくであろう。その手先たる鳥居は南町奉行となった。戦いはいやでも激しさ、苦しさ、難しさが増すばかりとなる。そこでだ、みな、わしに義理を立て、闇御庭番に留まることはない。抜けたい者は、留め立てはせん」

みな顔を上げ、唇を噛みしめて外記に真剣な眼差しを向けてくる。重い空気が座敷を包み込んだ。外記が言うように、今年は昨年に増して厳しく、激しい水野、鳥居との戦いが待っていることに間違いないのだ。

すると、義助が膝で前ににじり出た。

「お頭、なにをおっしゃるんです。あっしゃ、今までお頭を信じてついてきやした。こんな、どじなあっしのことをお頭だけは頼りにしてくれるからです。あっしゃ、お頭から誉められるのがうれしいんでさあ。これからも、お頭を信じてついていきやすぜ。妖怪奉行がなんだって言うんです。刺身にしてやりましょうよ。ねえ、ここにいるみんなも同じ思いですよ」

妖怪とは鳥居耀蔵を揶揄する二つ名である。すなわち、鳥居の通称耀蔵の「よう」と官職名甲斐守の「かい」を取り、誰言うともなく、「妖怪」と呼ばれているのだ。

義助は堪(たま)りかねたように立ち上がったが、長すぎる袴の裾が足に絡(から)まりすっ転んでしまった。お勢が、「ぷすっ」と吹き出し、みなの口からも笑いが漏れた。重い空気が朝霧(あさぎり)のように晴れていった。

「わたくしも、義助さんと同じです。なんと言われようと、お頭に従います」

真中は背筋をぴんと張った。

「あたしも同じでげすよ」

一八は扇子(せんす)をひらひらとさせた。

「わたしも言うまでもなく抜ける気持ちなどござらん」

春風は顎髭を撫(な)でた。

「みな、よく言ってくれた」

外記は笑みを広げた。庵斎も満面の笑みとなり、

「初春やみなの心永遠に」

またも、一句ひねった。

「さあ、固い話はこれくらいで、みんな、思う存分飲んどくれ」

お勢が気(き)っ風(ぷ)の良い声を出した。そのとき、庭からばつが駆け込んで来た。

「おお、そうだ。おまえも一緒だな。がはははっ」

外記はばつに頰ずりをした。ばつはうれしそうに尻尾を振った。

二

小正月も過ぎた、二十日の昼下がりのことだった。

「くず〜い。くず〜い」

外記の家の木戸門で紙屑屋の声がした。

「屑屋さん、頼むよ」

外記はばつを膝に抱いて縁側に座り、日向ぼっこをしていた。紙屑屋は、「へ〜い」と良く通る声を放ち、庭を横切って来た。

「明けまして、おめでとうございます」

紙屑屋は頰被りを外した。村垣与三郎、公儀御庭番である。八代将軍徳川吉宗が創設した由緒ある御庭番家の正統な血筋を継ぐ。祖父は勘定奉行を務めたほどに優れた男で、村垣自身、周囲から大きな期待を寄せられている。

また、家慶も村垣の誠実な人柄を愛し、闇御庭番となった外記との繫ぎ役にした。繫ぎ役にしたのは、単に連絡業務を行わせるに留まらず、外記から探索術を学べという意図もあってのことだ。

外記も新年の挨拶を返してから、

「どうぞ、上がってくだされ」

座敷に誘った。村垣は軽く一礼すると、縁側に上がり座敷に入った。ばつは庭を駆け回った。

「陰ながら世直しのために働く身となりましたので、上さまには正月のご挨拶もできず、申し訳なく存じます」

外記は表向き死んだことになっている自分の身を思い、つい、寂しそうな声になった。

「上さまも正月に外記殿の顔を見ることが叶わず、寂しいとの仰せでございました」

外記は勿体ないお言葉と返し、手早く茶を淹れて来た。

「年賀代わりと申してはなんですが、上さまより賜りました」

村垣は懐から竹の皮に包まれた羊羹と金子を取り出した。下戸で甘党の外記を慮ってのことに、

「ありがたき幸せ」

外記は羊羹を両手で捧げ持ち深々と頭を垂れた。

「正月早々、奢侈禁止の取り締まりは一層激しくなっております」

村垣は江戸市中で見聞きした、取り締まりの様子を語った。初詣に出かける、庶民の衣服が贅沢な物でないか、華美な装飾品を用いていないか、町奉行所の役人たちが目を光らせているという。

「鳥居さま、南の御奉行になられて、以前にも増して取り締まりに当たっておられるのですな」

外記は茶を啜った。

「いかにも。鳥居さまは北町が管轄していた市中取締諸色調掛名主も南町に移管され市中取り締まりに当たっておられます」

昨年十月奢侈禁止令発令と共に町触を徹底させるため、町名主の中から十八名が選出された。これが、市中取締諸色調掛名主である。

「北町の管轄まで」

「鳥居さまは水野さまに願い出られ強引に南町の管轄にされたのです」

「あの御仁らしい」

外記は苦笑を漏らすと村垣に茶を勧めた。

「それで、本日まいりましたのは」

村垣はここまで言うと居住まいを正した。その所作を見れば、家慶の御用であることが察せられる。外記も自然と座りなおし、背筋をぴんと伸ばした。村垣は懐から、紫の袱紗包みを取り出し、両手を添え外記の前に置いた。

「上さまより、預かりましてございます」

外記は両手をついて頭を下げてから袱紗を開けた。一通の書状が現れた。素早く目を通す。胸に緊張が走る。

「実は外記殿、江戸市中に阿片が蔓延しております」

村垣は不穏なことを言い出した。

「ほほう、盛り場で吸われておるので……」

「蔓延というのは大袈裟でした。お上の目を憚って大っぴらには吸われておりません。地下に潜ってと申しますか、阿片窟が営まれておるようなのです」

「どうしてわかったのですか」

「昨年の師走以来、阿片を吸引したと思われる亡骸が何体か大川に打ち上がっておるのです。世上を騒がせぬよう表立っては溺れ死にとして処理されておりましたが、新年となってからも同じような亡骸が大川に浮かんだため、上さまは憂慮され阿片窟摘発をご決意なさったのです」

「それならば、南北町奉行所が動いておるのではありませぬか」

「むろん、南北町奉行所も盛り場を中心に阿片窟を探っております。寺社奉行においても寺社や廃寺を探索しておりますが、阿片窟の所在、阿片流入の道筋は不明です。そこで、上さまは外記どのに阿片窟の摘発と阿片流入の道筋を探り出し、これを断ち切ること、お命じになられたのです」

一息に語り、村垣は小さく息を吐いた。

「その阿片は薩摩がもたらしておるのではござらんか」

外記が薩摩藩の名を出したのは、新潟での隠密活動の結果である。薩摩の抜け荷船が新潟湊にもたらす阿片を外記は撲滅したのだ。薩摩藩主島津斉興は将軍徳川家慶から灸を据えられ、阿片には手を出さないと誓ったのである。

まだ舌の根も乾かないうちにその誓いを破ったということか。

外記の心中を察した村垣は、

「薩摩ではないようです」

「では、何者が……」

「いまだわかっておりません。それゆえ、上さまは外記殿に期待しております。むろん、我ら御庭番も探りますが、是非に外記どのにもお手助けを願いたいのでござる」

村垣は表情を引き締めた。

「御意にございます」

外記は承知をした。

「ところで、矢部さまが南町奉行を追われ、鳥居さまが就任なさいました」

昨年の師走、南町奉行であった矢部駿河守定謙は目付、鳥居耀蔵に陥れられ失脚した。老中首座、水野越前守忠邦が推し進める改革に逆らう言動を繰り返す矢部を水野は疎ましく思い、腹臣である鳥居を南町奉行に据えたのである。

「鳥居さまは甲斐守の受領名を名乗られました。耀蔵のようと甲斐守のかいをとって、妖怪と巷では言われておりますな」

外記は苦笑を漏らした。

まさしく、妖怪の如き男である。

「鳥居さまが奉行になり、江戸の町は益々、取り締まりが厳しくなります。まこと、鬱屈した日々となりましょうな」

村垣は盛んに嘆いた。

「鳥居さま、阿片の蔓延についてはいかにお考えなのですか」

「それはもう張り切っておられます。北町の遠山さまには先を越されまいと、江戸市中に密偵を放って探索に努めているとか」

村垣の顔色は曇った。

「厳しい吟味を行うあまり、罪のない者を捕縛し、拷問にかけ無理やり自白させて罪人に陥れる恐れもありますな」

「鳥居さまなら、やりかねませんな」

外記も深いため息を吐いた。

外記と村垣の心配が伝わったのか、ばつも吠え始めた。

ばつが村垣の膝にぴょんと飛び乗った。村垣が持て余し、

「ばつ、遊んでおいで」

外記はばつを抱き上げ庭に放った。

「ともかく、探索を行います」

外記が引き受けると村垣は一礼して立ち去った。

入れ替わるようにして義助が入って来た。

紺の腹掛けに印半纏を重ね、捻り鉢巻という棒手振りの格好だ。

「お頭、新鮮な白魚をお届けに上がりましたよ」

担いでいた天秤棒を下ろし、笊を外記に見せた。

「おお、これは美味そうじゃな」

「なんていっても白魚は躍り食いが一番ですよ」

義助はうれしそうだ。

新鮮な魚を届ける時の義助は魚売りとしての職業意識に溢れていた。

「そいつはいいな」

つい外記も相好を崩した。

「なら、支度をしてきやすよ」

義助は台所へ入った。

しばらくして、木の椀に白魚を入れ、酢醤油を加えて持って来た。外記は一息に口の中に入れた。口中で白魚が飛び跳ねる。それを味わいながら呑み込む。

「いやあ、美味いな」

外記が賞賛すると、

「そうでしょう。次は卵とじにしますからね」

義助も自慢げだ。

「義助、すまんがな、みんなに伝えて欲しいのだ」

外記は家慶よりの、江戸に阿片を持ち込んでいる者を探し出せとの密命を語った。

「ひでえ野郎たちがまだいるんですね。わかりました、みんなに伝えますよ。さしずめ、あっしは魚河岸に目を光らせます。魚河岸は魚ばかりか、色んな噂話が集まりますんでね」

「そうだ、しっかり頼むぞ」

外記は励ました。

義助が帰り、外記もとにかく動こうと身支度を整えた。

外記が江戸市中を散策する際に扮装する、小間物問屋相州屋の隠居、重吉となる。地味な小袖に袖なし羽織を重ね、宗匠頭巾、顎には白い付け髭だ。

背中をやや曲げ、杖をつきながら歩けば、どこから見てもご隠居さんである。

歩を進めながら、行く当てもないでは探索にはならないが、まずは町の噂を耳に入れようと思い立ったのである。

最も近い盛り場は浅草寺の裏手に広がる奥山という一帯だ。江戸きっての盛り場である両国広小路が、奢侈禁止令の厳しい取り締まりによって火が消えたようになっているのに対して、奥山は控えめではあるが見世物小屋や床店が建ち並び、大道芸人も芸を披露している。

浅草寺は神君徳川家康公が江戸に入府して以来、祈願寺としていた歴史があり、さすがに水野忠邦も遠慮しているのである。

奥山にあって、今、最も評判を得ているのが、陶文展(とうぶんてん)一座であった。長崎からやって来た一座は唐人という触れ込みであるが、もちろん、唐人が日本国内で自由に興行することは許されないため、唐人を名乗る日本人の芸人たちの一座である。

それでも、唐人服に身を包み、唐人らしくカタコトの日本語で話し、鮮やかな芸を披露する。

娯楽に飢(う)えている江戸の庶民に受けて、連日、盛況を呈している。

外記も覗(のぞ)いてみようと思ったが、札止(ふだど)めの盛況ぶりとあって、諦(あきら)めた。

仕方なく掛け茶屋で一休みしていると、小峰春風がやって来た。

「おや、お頭も陶文展一座を見物にやって来たんですか」

春風は顎髭を撫でながら外記の横に腰を下ろした。

「それが、札止めで入れなかった」

外記が肩をそびやかすと、

「ほんと、大変な人気ですからね、わたしは何度も見物で来ているんですがね。朝早くから並ばないと、見られませんよ」

春風の言う通りであろう。

「ならば、明日は早朝にやって来るかな」

外記は言った。

「とにもかくにも、一見の価値はありますよ」

外記とは対照的な、真っ黒でしかも本物の顎髭を撫でながら春風は言った。

「なんだ、馬鹿に入れ込んでおるではないか」

外記がいぶかしむと、

「それがですね」

にんまりと春風は笑い、懐中(かいちゅう)から一枚の絵を取り出した。そこには、唐人服に身を包んだ可憐(かれん)な娘が描かれている。

「一座の花形(はながた)でホンファといいます」

春風に教えられ、

「ほう、これはまさしく麗(うるわ)しき一輪の花だな。なるほど、一座がこれほど評判となっておるのは、ホンファ目当ての男どもが大勢おるのであろう」

外記の言葉に春風は深々とうなずいた。

「春風、そなたもホンファに心引かれておると見えるな」

「正直申しまして、骨抜きでございますよ」

春風は手足を動かし、身体をくねらせて蛸踊りをした。

一八ばりの幇間のような調子のよさに外記は肩を揺すって笑った。

「面目ございません」

さすがに春風は照れるように自分の頭を叩いた。

「いや、いや、若い証ではないか。いくつになっても女子に胸をときめかすことは、若さを保つ秘訣だ」

言ってから外記の脳裏に一人の女性の顔が浮かび上がった。先立たれた愛妾、お志摩に似た美佐江である。外記は美佐江の姿を振り払うように左右に首を振ってから、

「義助には伝えたのだがな、上さまより密命が下った。江戸で阿片が吸引されておる。ついては、何者が何処から江戸に持ち込んでおるのかを探索せよとのことだ。みなには、阿片吸引が何処で行われておるのかも含め、どういった道筋でもたらされておるのか、目を光らせてもらいたい」

「阿片でございますか。なんと、ひどいことをする連中がいるものですな」

「この世に悪が尽きることはないのだ」

外記は表情を引き締めた。

春風はホンファの絵を大事そうに懐中に仕舞った。

三

その頃、江戸城老中用部屋で水野忠邦と鳥居耀蔵は面談に及んでいた。

「鳥居、町奉行になってどうじゃ」

水野は切れ長の目を向けてきた。

鳥居は突き出たおでこを光らせながら、

「水野さまのご期待に応えるべく、身を引き締めて頑張っております」

「うむ、気張れ。そなたの頑張りが改革を推し進めるのだ。改革の尖兵(せんぺい)となれ」

「御意にございます」

鳥居は深々と頭を垂れた。

「市中の取り締まりは徹底して行うとして、この江戸に阿片を持ち込んでくる、不届きな輩(やから)がおる。ついては、摘発をせよ」

水野は厳しい口調で命じた。

「かしこまりました。阿片とは、やはり、清国とエゲレスの戦(いくさ)が影響しておるのでございますか」

「出所は清国に違いない。エゲレスが売りさばいておる阿片の一部を何者かが日本に持ち込んでくるのであろう」

「やはり、薩摩ではないのですか」

「いや、薩摩は先頃、上さまから叱責を受けたばかりじゃ。さすがに、江戸に阿片を持ち込むことはするまい」

水野の言葉に、

「御意にございます」

鳥居もうなずいた。

「阿片が蔓延しては世は乱れる」

「エゲレスが清国の次に日本を食い物にしようとしておるは必定。阿片蔓延はエゲレスの意向を受けた者の仕業ではないでしょうか」

「だとすれば、国を売る不逞の輩」

水野は苦々しい顔をした。

「まさしく売国奴でございます」

「鳥居、売国奴を許すな」

「むろんでございます。そこで、でございます」

鳥居はにんまりとした。

水野は鳥居の顔つきになにやら企(たくら)みを抱いていると察し、

「いかがした」

「阿片蔓延は是(ぜ)が非(ひ)でも防がねばなりません。よって、非常手段に訴えることも必要だと考えます」

「つまり……」

水野は促(うなが)した。

「町方(まちかた)の差配が及ばぬところにも踏み込むことができるよう、権限を与えてください」

「町方の差配が及ばぬとは寺社や武家屋敷か」

水野は腕を組んだ。

わずかに思案の後、

「それはできぬな」

鳥居は残念そうに唇を噛んだ。

「その代わりと申してはなんだが、そなた、町奉行所の役人どもとは別に密偵を持て。町奉行の役料(やくりょう)を四千両(りょう)にしてやろう」

通常、町奉行の役料は二千両である。

水野の提案を、

「ありがとうございます」

居住まいを正して鳥居は受け入れた。

「阿片探索には目付も動く。もちろん、北町の遠山もな。そなた、先を越されるではないぞ」

水野にねじを巻かれて、鳥居は表情を引き締めた。

「この鳥居、遠山であろうが目付であろうが、遅れは取りません」

鳥居は決意を示した。

「その意気じゃ。ともかく、しっかりと摘発に努めよ」

乾いた声で水野は念押しをした。

四

奥山の散策を終えた外記は浅草田圃にある浄土宗の寺院、観生寺を訪ねた。奥山では阿片中毒の者を見かけることはなく、阿片という言葉も耳にしなかった。

梅が花を咲かせるにはまだ早く、三が日過ぎの昼下がりとあって、参詣客はまばらだ。

ただ、本堂では大勢の子供たちが天神机(てんじんづくえ)を並べて手習いを行っている。師匠は美佐江という武家の婦人が務めていた。

美佐江は蘭学者山口俊洋(やまぐちしゅんよう)の妻である。

美佐江の夫俊洋は「尚歯会(しょうしかい)」に所属し、「蛮社の獄(ばんしゃのごく)」の際、高野長英(たかのちょうえい)らと共に投獄されており、現在は高野と共に小伝馬町(こでんまちょう)の牢(ろう)屋敷に入牢している。

そして、美佐江こそが外記の亡き愛妾、お勢の母、お志摩に生き写しの女だった。外記が観生寺を訪れるのも、本音を言えば美佐江の顔が見たいからである。

外記はばつを境内に残し、本堂の階(きざはし)の下で雪駄(せった)を脱ぎ、足取りも軽やかに上った。濡れ縁に立ち手習いの様子を眺める。美佐江が子供たちの周りを歩きながら、やさしそうな視線を投げかけている。

丸髷(まるまげ)に結った髪には外記が贈った紅色(べにいろ)の玉簪を挿し、萌黄色(もえぎいろ)の小袖に薄い朱色の袴を穿(は)いていた。

子供たちは習字に励(はげ)んでいた。

「先生、よっちゃんがあたいの着物に墨を塗ったの」

「ちがわい。知らずについちまったんだい」

「嘘よ、わざとよ」

女の子は男の子の顔に墨を付けた。たちまち、喧嘩である。

「いけませんよ」

美佐江は二人の間に入り、やさしく仲裁する。すると、別の子供たちの間で喧嘩が起こる。美佐江は、懸命に宥めながら習字を教える。外記はその様子を、顔を綻ばせながら眺め続けた。

やがて、七つ（午後四時）を告げる鐘の音がした。

「はい、では、今日はこれで終わりますね」

美佐江が告げると、

「ありがとうございます」

子供たちは先ほどの喧嘩はどこへやら、弾けるような声を返し、各々の天神机を本堂の隅へと運んでいった。

「いやあ、大変ですな」

外記は子供たちのいなくなった本堂に足を踏み入れた。

「でも、子供たちが元気ということはよいことですわ」

美佐江はわずかにほつれた髪を整えた。

「いかにも」

「子供たちと一緒にいると、心が和みます」

「ご主人との間に、お子は？」

美佐江の顔が曇った。

「身籠ったのですが、流してしまいましたの」

「それは、失礼しました」

今度は外記の顔が曇る。

「いいえ、昔のことです。でも、主人がいなくなってみますと、あの子が生まれていればって、つい、思うことがございますわ」

美佐江は俊洋を思い出すように茜色に染まった夕焼け雲を見上げた。

「では、これにて」

外記は踵を返した、すると、

「ご隠居さま」

外記が振り返ると、

「羽織の裾がほつれていますわ」

「ああ、独り身なもので、つい、うっかりしておりました」

恥じらうように外記は羽織の裾を手に取った。

「お脱ぎになってください。すぐに繕いますから」

「いや、そんな」

「遠慮なさらないで」

美佐江の澄んだ瞳に見つめられ、外記はどぎまぎしながら袖なし羽織を脱いだ。美佐江は自分の文机に向かった。裁縫箱が用意してある。子供たちの着物を繕ってやっているという。

「ご隠居さま、少しの間、これを」

美佐江は文机の横に畳んである自分の羽織を取り外記の肩にかけた。遠慮する外記に、風邪をひくといけないと、押し付けるように袖を通させた。美佐江の甘い香りに包まれた。

外記は美佐江の側に立ちつくして裁縫を見つめた。真っ白なうなじが目に眩しい。美佐江は白魚のような指先で手早くほつれを繕うと、

「上手にできませんでしたが」

申し訳なさそうに立ち上がった。外記はあわてて美佐江の羽織を脱ぎ、

「かたじけない」

気恥ずかしさを気取られまいと横を向いた。

すると、

「美佐江どの」

と、一人の武士がやって来た。

浅黒く日焼けをした精悍な面構え、がっしりとした身体つき、それでいて誠実さを感じさせる。粗末な木綿の小袖に襞がなくなった袴というみすぼらしい身形ながら、品格を漂わせてもいた。月代と髭がきれいに剃られ、髷が整えられていることに加え、きびきびとした所作が一角の武士であることを伝えているのだ。

「これは、江川さま」

美佐江の顔も輝いた。

江川と呼ばれた侍はちらっと外記に視線を向けた。美佐江が、大変にお世話になっている小間物問屋のご隠居さんだと紹介した。外記が一礼すると武士も会釈を返した。

美佐江が、

「韮山代官の江川太郎左衛門さまです」

と、紹介してくれた。

むろん江川のことは知っている。

韮山代官所は伊豆国を中心に駿河国、相模国、そして武蔵国に及ぶ幕府直轄地、いわゆる天領を管轄した。代官は慶長元年（一五九六）徳川家康が江川英長を任命して以来、代々江川家が世襲し、歴代当主は「太郎左衛門」を名乗る。現当主の太郎左衛門の諱は、「英龍」、砲術、洋学に長け、海防の一環として実施された江戸湾測量で優れた技量を発揮した。水野忠邦はこの際、太郎左衛門の測量の手腕を高く評価した。

また、洋学を通じて尚歯会とも懇意にしていたため、「蛮社の獄」に際して鳥居は江川も摘発しようとしたが、江戸湾測量の実績により、水野は江川を不問に付したという経緯がある。

江戸湾測量は鳥居も命じられており、江川が高評価を受けたのに対し、鳥居は水野から叱責される程の拙さであった。洋学通ぶりと江戸湾測量で生じた因縁が、鳥居をして江川太郎左衛門憎しの怨念を掻き立てている。

鳥居が憎もうが、江川太郎左衛門の質素倹約ぶりはつとに知られている。夏に蚊帳を使わない、冬に火鉢を使わない、衣服は木綿の単衣で通し、食事は一汁一菜を通した。家屋敷の畳は擦り減り、庭は手入れさせることなく雑草が生い茂ったまま放置されている。

これは、なにも天保の改革が始められてからそうしているのではなく、改革以前からの暮らしぶりだった。

それが噂ではなく、真実の江川の姿であることは実物を目の当たりにしてよくわかった。

「江川さま、江戸には何か御用の向きでございますか」

美佐江が問いかけると、

「御老中水野越前守さまに呼び出されましてな」

「まあ、それは、大したお役目でございますね」

「ご存じの通り、清国がエゲレスとの戦で苦戦を強いられております。水野さまは、清国の次にはエゲレスの艦隊が日本に攻めてくるのではないかと、その際の海防を考えておられます」

「江川さまは海防に関しまして、水野さまから意見を求められていらっしゃるのですね」

美佐江の言葉に江川はうなずいた。

江川は砲術家としても有名である。おそらくは、江戸湾に砲台を据えることについて、水野から意見を求められたのだろう。

案の定、

「これより、意見書の作成に取り掛かります。水野さまはわたしだけではなく、何人かに意見を求めておられ、最良と判断された案を幕閣に諮るおつもりです」

「責任重大でございますね」

江川はうなずいてから、

「それと、山口どののこと、頼んでみようと思います」

「それは、大変にありがたいのですが、夫は罪人でございます、江川さまに、ご迷惑がかかるのではございませんか」

美佐江の心配を、

「美佐江どの、これは山口どのご自身のためでもありますが、日本国のためでもあるのです。エゲレスに限らず、夷狄(いてき)から江戸を、日本を守るためには、山口どのや西洋諸国をよく知る者の英知を集めなければなりません。山口どのや蘭学者方が牢獄に入っていては国の損失でございます」

江川は熱い男のようだ。

「ですが、ご無理をなさいませぬよう。夫を牢獄に送った鳥居さまは今や南の御奉行さまでいらっしゃいます。鳥居さまは大変に蘭学者、西洋の文物(ぶんぶつ)を忌(い)み嫌(きら)っておられます」

美佐江の顔は憂鬱に歪(ゆが)んだ。

「いくら鳥居どのでも、海防上必要とあれば、私情を捨てるはずです」

江川は言葉に力を込めた。

「そうだといいのですが」

美佐江は不安が去りそうにないようだ。

「美佐江どの、どうか、お心確かに」

江川は爽やかな笑顔を残して去って行った。

「まこと、聡明で胆力のあるお方ですな」

感心して外記は言った。

「江川さまは、裏表のない大変に誠実なお方でございます。それだけに、鳥居さまの罠に陥ってしまうことが心配なのです。あのお方が投獄されてしまったら、それこそが日本国の損失でございます」

美佐江は言葉に力を込めた。

「まさしく」

外記も江川を鳥居から守らなければならないという使命感を抱いた。

「あら、わたしとしたことが、お茶も出さずにおりましたわ」

「いや、どうぞ、お構いなく」

外記は立ち上がった。

「いつも、お気遣いありがとうございます」

美佐江はお辞儀をした。

上目遣いの顔がお志摩にそっくりで、外記はどきりとなった。

五

二十五日の朝、義助は棒手茶屋で一服していた。

棒手茶屋とは室町通りを隔てた品川町に軒を連ねる茶屋のことで、棒手振りたちには各々契約している茶屋がある。魚河岸で魚を仕入れるに当たって、まずは茶屋に顔を出し、天秤棒や笊、盤台を預かってもらう。茶の一杯、煙草を一服してその日の仕入れに向かう。目利きをして仕入れた魚は魚問屋が雇う使い軽子と呼ばれる人足によって茶屋に届けられるという仕組みだ。

利用料は日に三十文、それに心付けを乗せることもある。魚河岸の雑踏の中、天秤棒を担いで魚を見て回ることを考えると便利な存在である。

まさか、魚河岸で阿片が蔓延しているとは思わないが、魚河岸には様々な情報が入る。阿片の「あ」の字でも聞けないかと、棒手振りたちのやり取りに耳をそばだてた。

すると棒手振り仲間から、

「義助よ、三笠屋さんへ仕入れに行くのかい」

と、声をかけられた。

「ああ、そのつもりだよ」

義助は何でそんなことを聞くんだという顔をした。

「いやあ、仕入れるなとは言わないけどな」

棒手振りたちは顔を見合わせた。

「そうか、おまえら、本小田原町の問屋方に遠慮しているんだな」

義助が言い返した。

本小田原町は魚河岸創設以来の老舗問屋が軒を連ねている。それらの老舗問屋に対して三笠屋は新興の問屋であった。

「まあ、そういうこったがな」

「三笠屋さんは、安いんだぜ。仕入れない手はねえだろう」

「そりゃ、そうだけどよ。本小田原町の旦那衆、いい顔をなさらないぞ」

「ま、いいじゃねえか。おれの勝手にさせてもらうぜ」

「勝手にしろ。どうなっても知らねえぜ。長太みてえにな」

「そういやあ、長太、今日は見かけねえな」

義助は周囲を見回した。

往来には大勢の男たちや大八車が行き交っている。魚河岸にあっては大八車にひかれても文句は言えない。ぼけっとしていないで忙しなく動いていなければならないのだ。

棒手茶屋を見回しても長太はいない。

外記配下の義助は隠密の役目柄、棒手振りはあくまで世を忍ぶ仮の姿、棒手振り仲間とは距離を置き、魚河岸以外でのつき合いは控えている。それでも長太とは馬が合うというか、何度か縄暖簾で酒を飲んだ。飲んでも長太は魚の話をした。目を輝かせ、今の時節はどんな魚が美味い、鯛なら赤鯛より黒鯛の方が脂が乗って美味いだの、下魚の中にも美味いのがあるなどと夢中になって語る。親切な性分で、義助が患って寝込んだ際、義助の得意先に魚を届けてもくれた。

義助は長太と語らっている時は本来の役目を忘れ、棒手振りに成り切ってしまう。

「長太の奴、三笠屋さんばかりから仕入れていたじゃないか」

棒手振りはいかにも思わせぶりに言った。

「三笠屋さんから仕入れていたんで、商いができなくなったってことかい」

「そうは言わねえが、長太の奴が顔を見せないってのは、悪いことが起きたんじゃねえか」

「風邪でもひいたんだろう」

否定したものの、義助もいやな予感に包まれた。このところ、長太はそれは熱心に商いをしていた。女房に子供ができ、子供の分まで稼(かせ)がないといけないと張り切っていた。

そこへ、一人の棒手振りが血相を変えて走って来た。義助たちを見るなり、

「大変だぜ」

息を荒らげながら男は声を放った。息が上がっている上に舌がもつれているとあって言葉になっていない。仲間から落ち着けと言われ、男は息を整えてから、

「長太が死んだ」

今度は義助たちが驚き、慌てる番だった。

「嘘つけ」

その仲間は信じたくないあまりか、男を叱咤(しった)した。

「嘘じゃねえよ。大川に浮かんでいたそうだ。両国橋の下辺りだってよ」

「殺されたのか」

「河岸を歩いていて足を踏み外して川におっこちて、溺れ死んだのかもしれねえってこったぜ」

男の答えを聞くや、

「よし、確かめてくらあ」

義助は脱兎(だっと)の如く駆け出した。

義助は長太の亡骸が引き上げられたという大川の河岸にやって来た。しかし、亡骸は見当たらない。

両国西広小路の表通りにある自身番に顔を出した。

すると、長太の女房、お杉がいる。目を泣き腫らし、呆然と立ち尽くしていた。

「お杉さん」

義助が声をかけると、

「義助さん」

お杉は力なく返した。

お杉の向こうには八丁堀同心や町役人たちがいた。

お杉は義助を誘って外に出た。

「お役人さまが検死をするってことで」

検死が終わるまで、遺体を引き取ることはできないそうだ。

「ともかく、とんだことになったたな」

義助は言ってから悔やみの言葉を述べた。お杉は声を放って泣き始めた。しばらく声をかけることはできなかった。立ち止まってこちらに視線を向けてくる者もいるが、義助が睨むとすごすごと去ってゆく。

落ち着きを取り戻してから、

「すみません」

お杉が謝った。

「いや、お杉さん、謝らなくてもいいよ。それより、長太の奴、何だって大川で溺れちまったんだ」

「昨日の晩、ご贔屓にしていただいている神田三河町の松野屋さんへ呼ばれて出かけて行ったんです」

松野屋は近頃評判の料理屋であった。

長太が松野屋に出入りしているということは棒手振り仲間の間でも評判になっていた。棒手振り風情が高級料理屋に出入りがかなうなど異例であったからだ。長太の努力の賜物であることは間違いないのだが、そもそもは三笠屋から安価で鯛を仕入れることができるからであった。新興の問屋である三笠屋は常識外れの安値で卸しているため、老舗の問屋の主人たちを苛つかせている。このため、老舗問屋を憚り、棒手振りたちは三笠屋との商いを避けていた。

「それきり、長太は戻って来なかったんだな」

「ええ、夜中になっても戻って来ないので、とっても心配していたんです」

それが最悪の事態になってしまったということだ。

「松野屋さんからの帰りに大川に寄ったたってこってすか」

「よくわかりません。お役人さまのお話ですと、酒に酔って、大川に落ちたんじゃないかって」

「長太、いける口でしたもんね」

「ですけど、このところ、お酒はぷっつりとやめていたんです」

「子供ができたってんで、張り切っていたもんな」

「そうなんです。お酒だけじゃなくて、博打もやめて」

お杉はここで言葉を詰まらせた。

「そんなに真面目になって働いていたってのに」

義助も言葉を詰まらせた。

やがて、八丁堀同心が亡骸を引き取っていいと言った。義助は長太の棒手振り仲間だと名乗った。同心は南町の定町廻り、田岡金之助であった。

「旦那、長太の奴、殺されたってことは考えられませんかね」

「溺れ死にだ。大方、酒を飲み過ぎたんだろう」

田岡はにべもなく否定した。

「お言葉ですがね、長太はこのところ酒はやめているんですよ。それが、昨晩に限って飲み過ぎたなんてことはねえと思いますがね」

義助が食い下がると、

「そんなことは知らん。それなら、酒を飲んでいなくたって、足を滑らせることはある」

田岡はむきになった。

「でも、今の時節、夜更けに大川の河岸をそぞろ歩きなんぞすることはねえと思いますよ。長太が訪ねた松野屋さんは神田三河町、長太の家は神田鍛冶町、わざわざ大川にまで足を延ばすことはありませんよ。ねえ、旦那、調べてくださいよ。長太の死について、どうか、お調べください」

義助は頭を下げた。

「事故に決まっておるものを探索する程、暇ではない」

強い口調で田岡は断った。

「人が死んだんですぜ」

「だから、事故だ」

「事故って決めつける前に、調べるのが八丁堀の旦那の仕事じゃねえんですか」

「黙れ！　棒手振り風情が生意気を申すな」

田岡は目を吊り上げて怒鳴った。

歯向かおうとしたが、お杉がやめてくれと印半纏の袖を引いた。

義助はぐっと言葉を呑み込んだ。

「さあ、さっさと、亡骸を引き取れ」

冷たく田岡は言い放った。

義助はお杉を手伝い、長太の亡骸を大八車に乗せ、筵をかけた。


その晩、長太の通夜が営まれた。

義助や棒手振り仲間、長屋の連中が通夜を手伝った。みな、声を詰まらせながら支度をした。

通夜が始まって間もなく、三笠屋の主人甲子太郎が焼香にやって来た。甲子太郎は慇懃に頭を下げ、悔やみの言葉を並べた。まだ歳若いが、しっかりした男であることを物語る精悍な面差しで、着物を通しても引き締まった身体つきであることがわかる。

棒手振りたちは甲子太郎に対しては複雑な気持ちがあるようで、誰もが口を閉ざしている。

お杉が、

「みなさん、本当にありがとうございます。長太がお世話になりました。みなさん、朝が早いですから、そろそろお引き取り頂いてけっこうでございますよ」

みなを気遣って言った。

ところが、

「あっしらのことなら、かまわねえでください。大丈夫ですから」

などと、酒を飲み続ける者がいる。

義助は顔をしかめ、

「馬鹿、もうそろそろ引き上げようじゃねえか。おかみさんを長太と二人っきり、いや、お腹の赤ん坊と三人にしてあげるんだ」

「あ、そうだな」

棒手振りたちもようやく納得してぞろぞろと引き上げていった。義助も長太の家を出て、目の前を歩く三笠屋甲子太郎に声をかけた。

「三笠屋さん、ちょいとお話があるんですがね」

義助が声をかけると甲子太郎は立ち止まって義助を見返した。

「ああ、義助さんだったたね。長太さんと何度か仕入れに来てくれた……」

「鯛がとっても安く仕入れられるって長太に誘われましてね……ただ、あっしのお得意はめったに鯛の注文がねえもんで、ちょくちょく仕入れに行くってわけにはいかねえんですがね」

申し訳なさそうに義助は頭を掻いた。

「鯛以外にも色んな魚を扱うようになったから、いつでも寄ってくださいな。いや、ぶっちゃけた話、あたしは本小田原町の旦那衆から煙たがられているから、みなさんも寄りづらいだろうね。だから、無理しなくていいよ」

本小田原町の旦那衆とは、日本橋の魚河岸開設以来の老舗問屋の主人たちである。

「あっしは仕入れさせてもらいます。腕利きの棒手振りだった長太が信頼していた問屋さんだ。安さだけじゃねえって、改めて思ったところでさあ」

「ありがとう。その言葉、うれしいよ。新鮮な魚を取り揃えておくからね」

感謝の念を示すように甲子太郎は力強くうなずいた。

「ところで、長太、溺れ死んだって、つまり事故ってことになってますけど、あっしは納得できねえんですよ」

義助の言葉に甲子太郎は眉間(みけん)に皺(しわ)を刻んだ。

六

「というと……」

落ち着いた物腰で甲子太郎は問い返してきた。しっかりと、義助の言葉に耳を傾けてくれている。義助は、長太は溺れ死にということだが、長太が夜更けまで酒を飲んでいたとは思えず、何故、大川のほとりまで行ったのか不明であると、言い添えた。

「疑わしいけど、溺れ死んだってことは間違いないんですよね」

「確かに溺れ死にですよ。ですがね、亡骸が上がった川岸の近くで、阿片中毒になった仏さんが何体か見つかっているんですよ。三笠屋さんも阿片のこと耳にしたことあるでしょう」

「ああ、あるね。恐ろしいもんが流行るもんだって思っていたけど……そうかい、義助さんの亡骸がね……ってことは、ちょいと待ってくださいよ。まさか、義助さんは長太さんが阿片に手を出していたって、疑っているのですか」

「長太は阿片に溺れてなんかいませんよ。でも、長太が阿片を吸っている奴らに関わってしまったとしたら……。そいつらに殺されたってことも。いや、そりゃ勝手な推量ですがね」

「なるほど、長太さんが阿片に関わっていたかどうかはともかく、単なる溺れ死にじゃないってことは十分に考えられるってことですね」

甲子太郎も賛同してくれた。

「おわかりくださいましたか」

「義助さんの考えはわかりましたよ。それで、御奉行所にはそのことを訴えたんですか」

「八丁堀の旦那には長太の死を探索してくださいって頼んだんですよ。ですがね、とりあっちゃあくれませんでしたよ」

つい、悔しさで唇を噛んでしまった。

甲子太郎も小さく舌打ちをした。

「このままじゃ、長太は成仏できねえと思うんですよ」

義助はしんみりとなった。

「そうだね……それで、義助さん、長太さんの死を調べるんですか」

表情を強張(こわば)らせ甲子太郎は訊いた。

「そのつもりでさあ」

「義助さんの長太さんを思う気持ちはわかるんだけどね、なんだか、危ない気がしますね」

「どうしてですか」

「もしも、長太さんが本当に殺されたんならですよ、それを探る義助さんの身も危うくなるんじゃありませんか」

「あっしまで殺されるっていうんですかい」

「そうは決めつけられないが、思いとどまった方がいいんじゃないかね」

甲子太郎は声を潜めた。

「覚悟の上ですよ。それと、商いですがね、あっしゃ、長太の遺志を継ぐってわけじゃねえが、三笠屋さんからこれまで以上に仕入れさせてもらいますよ」

義助は腕を捲った。

ありがとうと礼を言ってから、甲子太郎は憂鬱な表情を浮かべて言った。

「念押ししときますよ。三笠屋は本小田原町の旦那衆からは目の敵にされておりますからね。義助さん、うちからの仕入れが目立つようになったら、他の問屋から魚が仕入れられなくなるかもしれませんよ」

「そんなことは構わねえですよ。あっしゃ、一本どっこの棒手振りだ。どっから仕入れようが勝手ですぜ」

腕捲りをして言う義助に、

「その覚悟があるんなら、仕入れてください。あたしも、義助さんのような棒手振りが味方になってくれりゃ千人力だ」

甲子太郎は表情を緩ませ去って行った。

まずは、長太が呼ばれていったという松野屋を訪ねることにした。

明くる日、義助は早速、松野屋を訪ねた。

松野屋の主人半蔵は長太の死を嘆いた。

「とっても真面目でいい魚屋さんだったのにね。いつも、新鮮な鯛を届けてくれてね……」

「ご主人が長太を呼んだんですよね。何か用事があったんですか」

「ねぎらおうってことでね、呼んだんだよ」

「ねぎらいですか」

「いつも頑張ってくれているんでね。こっちの無理をずいぶん聞いてくれたよ。それで料理とお酒をご馳走したんだ。それが……」

半蔵は言葉を詰まらせた。

酒宴の帰り、長太が大川で溺れ死んだことへの贖罪の念に襲われているようだ。

「長太は酒を飲んだんですか」

「飲みましたよ」

半蔵は首を傾げた。

「長太は、ここんところ、酒を断っていたんですよ。かみさんに子供ができましてね、それで、酒を断ってがんばっていたんです」

「そうだったのかい。じゃあ、無理に飲ませてしまったね。長太さん、こんな美味い酒は飲んだことないって、ずいぶんと過ごしていらっしゃいましたよ」

高級料理屋で出す酒だ。きっと、上方からの下り酒、清酒であるに違いない。棒手振りには滅多に口にすることができない高級酒だ。だから、禁酒していたのを解禁したのか、それとも上得意の勧めを断ることができなかったのか。

長太は酒を飲み過ぎ、それで、千鳥足となって大川の河岸を酔い醒ましのために歩き、足を踏み外したということか。それにしては家とは違う方向である。わざわざ、酔い醒ましに大川まで足を延ばすものだろうか。

「長太の奴、ここから帰る時、何処かへ寄るって言ってませんでしたかね」

義助が問いかけると、

「さあ……、特に何も言ってませんでしたよ」

半蔵は答えた。

「そうですか」

義助は腑に落ちないというように首を捻った。

「義助さん。長太さん、事故じゃないのかい」

「あっしは事故じゃなかったって思ってますよ」

「事故じゃないって……、まさか、殺されなすったのかい」

半蔵はおぞけをふるった。

「いや、そうと決まったわけじゃござんせん。もしかしたらってことで」

慌てて義助は慎重な姿勢を見せたが、半蔵は恐怖心が去らないようだ。

不安を払うように半蔵は続けた。

「長太さん、とっても、真面目な人でしたからね、まさか、人から恨まれるようなことはないって思うんですよ」

長太の財布は残っていた。

だから、物盗(ものと)りの仕業ではない。恨みの線も考えにくい。すると、どうして殺されたのだろうか。

「長太の他に誰かいましたか」

「長太さんの魚を贔屓にしてくれているお客さんがいらしたよ。木場の材木問屋の若旦那と辰五郎親分だ。長太さんを呼んでいると、伝えたらね、お二方とも是非とも一緒に飲みたい……、長太さんが届けてくれた鯛で飲みたいっておっしゃってね、お二方の宴に長太さんも加わったんだ」

「辰五郎親分っていいますと……」

「深川を縄張りにしていなさる博徒の親分だ。木場や永代寺界隈で起きるいざこざを収めてくださっている」

「どんな風貌でいらっしゃいますか。博徒の親分ってくらいですから、恐そうなんでしょうね」

「おまえさんが思うように、小柄で小太りなんだが、右の頬に刀傷が走る強面のお人だけど、任侠に篤い親分さんだよ。で、義助さん、長太さんが殺されたって、探っていらっしゃるんですか」

「ええ、まあ」

「御奉行所に任せてはどうだろうね」

「取り上げてくれねえんですよ。ありゃ事故だって決めつけて、聞き入れてくれねえんです」

「御奉行所が事故だっておっしゃるんなら、やはり、事故なんじゃないのかい」

「いや、あっしにはそうは思えないんですよ。だから、調べたいんです」

義助は身を乗り出した。

その晩、一八は松野屋の座敷に出た。

義助の頼みで松野屋を探るためだ。

奢侈禁止令のお蔭で、座敷も質素なものだ。幇間と芸者が呼ばれても、以前のように派手な音曲(おんぎょく)は慎(つつし)んでいる。それでも幇間の引き合いはあり座敷を賑やかにするために重宝がられている。

すると背後から、

「おい、ちょっとこい」

乱暴な口調で呼び止められた。

むっとしながらも、そこは幇間、

「何でございましょう」

にこやかに振り返った。

酔眼(すいがん)をした面相のよくない男が立っていた。小柄で肥満した身体はどこか親しみやすさを覚えるが、何しろ目つきが悪い。右の頬に刀傷が走っているのと相まって、やくざ者に間違いない。酔いで顔が赤らみ、その分、刀傷が際立っている。

「座敷を賑わせろ」

容貌通りの横柄(おうへい)な態度で言ってきた。

義助が半蔵から聞き出した辰五郎の容貌に適(かな)っている。

「おや、ひょっとして辰五郎親分でげすか」

一八が問いかけると、

「なんでえ、おれのこと、知っているのか」

「そらもう、深川辺りじゃ大変な評判でげすからね。任侠道の鑑(かがみ)だって、いよっ、すごい！」

「ふん、調子いいこと言いやがって、ま、いい。座敷を賑やかにしろ」

「おやすい御用でげすよ」

一八は扇子をぱちぱちと開いたり閉じたりしながら笑顔を返した。

「そこだ」

辰五郎は一八の襟首(えりくび)を摑み座敷へと連れ込んだ。大店(おおだな)の若旦那風の男たちが酒を飲んでいた。この中に、長太を呼んだ木場の若旦那がいるかもしれない。

「これは、これは、いい気分に御成りじゃござんせんかね。あたしは一八でござんす」

一八は丸めた頭をぺこりと下げた。

すると一人が辰五郎に向かって、

「親分、面白いことないかね」

「こら、若旦那、乗り気になってきましたね」

一八は懐中からひょっとこの面を取り出すや顔に被り、着物の裾をはしょって帯に挟んだ。ついで、羽織を片肌脱ぎにして両手を蟹のように動かし、珍妙な踊りを始めた。

辰五郎が囃し立て、一八の踊りを盛り上げるものの、音曲がないため、今一つ盛り上がりに欠ける。あくびを漏らす若旦那もいて、

「幇間、もういい。若旦那衆にお酌して回れ」

苛立たし気に辰五郎は命じた。

「へい、ではでは」

一八は羽織の袖に手を通し、お面を懐中に仕舞うとお酌を始めた。

「あの方、辰五郎親分でげしょう」

お酌をしながら辰五郎について探りを入れる。

「伊予の辰五郎親分だよ」

辰五郎は深川永代寺周辺から木場を縄張りとする博徒であった。四国の伊予で漁師をしていたが、仲間と徒党を組み、瀬戸内海で海賊をしていたという噂がある。嘘か本当か、酔って口が滑らかになると、清国やルソンまで渡って稼ぎまくったと豪語するそうだ。海賊出身という話が自分を大きく見せるための法螺なのかどうかは不明だが、赤銅色に日焼けした身体、丸太のように太い腕は漁師出身を物語っている。

「なら、旦那もやりますかい」

座敷の向こう側から辰五郎のうれしそうな声がした。

「本当に大丈夫だろうね」

「大丈夫でさあ」

辰五郎は胸を叩いた。

新しい客を賭場へ誘っているのだろうか。

一八が近くにいる一人の若い男に、

「いいですね、あっしもやりたいですが、どうも博打はさっぱりでね」

「博打じゃないよ」

ほろ酔い加減の若い男は返した。

「辰五郎親分は、賭場を開帳なさっているんですよね」

「賭場もやっていなさるが、このところ、取り締まりが厳しくてね、それに、博打では刺激が足りないんだよ。なにしろ、奢侈禁止令で派手な遊びができないからね。つまらないよ。陰気な座敷じゃさ。だから、密やかな楽しみが欲しいのさ。こっそり隠れてやる遊びがね」

「へえ、するってえと」

一八が尋ねたところで、

「おい、幇間、賑やかにしろってんだ」

辰五郎が怒鳴った。

一八は羽織をさらりと脱いで再び踊りを始めた。

「ふん、つまらねえ」

辰五郎はやめろやめろと罵声を浴びせた。

一八はぺこぺこと頭を下げてみせる。

「酒がないぞ」

辰五郎は機嫌が悪くなり、一八を睨みつけ、

「出て行け」

まるで八つ当たりのように怒鳴りつける。

「どうも、失礼しました」

一八は座敷を出た。

それから廊下に佇み、障子の陰に身を潜める。すると、先ほどのほろ酔い加減の若い男が酔い醒ましに出て来た。辰五郎が追いかけて来る。

咄嗟に一八は縁側の下に潜り込んだ。

「親分、本当に大丈夫なんですか」

「大丈夫ですって」

「でも、この前の夜みたいに、無関係な男が紛れたりしたんじゃさ、危なっかしくて、とってもやっていられないよ。あいつ、帰ったから大丈夫だって思ったのにさ、ご馳走になった礼が言い足りないって、間抜けな理由で戻ってきやがった。要領の悪い男だったよ」

「あいつは、口封じに始末しましたから、大丈夫ですよ」

辰五郎は言った。

「親分が言うんだったら間違いあるまいとは思うけどね」

「信用してくださいって。こちとら、命を張ってやってるんですからね」

「あたしだって、身代がかかってるんだからね。あたしはね、木場の材木問屋伊勢原屋の跡継ぎ、米太郎だよ」

「わかってますって。まあ、任せてくだせえ」

「おまえさんの言うことはどうも、信用できないよ」

「そうですかい」

辰五郎の声音が変わった。太くて淀みを帯びている。

「ならね、若旦那、もう、薬はいらないんですね」

「いや、そういうわけじゃ」

米太郎の声が裏返った。

「いいんですかね」

追い討ちをかけるように意地悪く辰五郎はにやけた。

「そりゃ困るよ。あたしゃ、阿片くらいしか楽しみがないんだから」

米太郎はすがるような声で訴えかけた。

阿片、そうか、辰五郎は阿片に手を染めているのだな。米太郎は奢侈禁止令のあおりで、派手な遊びができなくなり、刺激を求めて阿片に手を出したということだ。

「世も末でげすな」

一八は独りごちた。

「若旦那、大丈夫ですって。魚売りは死んだじゃありませんか」

「下手人を手繰(たぐ)られるようなことはないだろうね」

「町奉行所は事故だってことで片付けたじゃございませんか」

「そうかい、ならいいんだけどね。でもね、ここで密かに吸うってのは、どうも、やめた方がいいね。ここらが潮時の気がするよ。かといって、自分の家でやったら、親父の目があるしね」

一八は縁側の端からそっと顔を出し、二人の姿を盗み見た。

「それなら、心配ありませんよ。ちゃんと、心行くまで阿片を楽しむことができる隠れ家を用意しますんでね」

辰五郎は笑顔を浮かべた。

普通、笑顔なら柔和な感じがするものだが、辰五郎の場合、右頬の刀傷が際立ち、かえって凶暴さを漂わせていた。

「そうかい、そりゃ、楽しみだな」

「ですからね、若旦那、お頼みしました、へへへ、例の金……」

辰五郎は笑みを深めた。刀傷が微妙に震える。

「五百両は無理だよ」

米太郎は右手をひらひらと振った。

「お願いしますよ。若旦那しか頼りにできる人がいねえんですよ」

辰五郎は揉み手をした。

「他の旦那衆にも声をかければいいじゃないか」

米太郎が抗うと、

「声をかけていますがね、何しろ、向こうは強気なんですよ。そう、安い値じゃ売らないって、そりゃもう、こっちの足元を見るんです」

「なら、他の筋から手に入れればいいじゃないか」

米太郎はいともたやすく言った。

「そんなことできませんよ。今、お上の目がどんだけ厳しいか、若旦那だってよくわかっていらっしゃるでしょう」

辰五郎は顔をしかめた。

「厳しいってのはよくわかるよ。だからさ、そもそも、お上が悪いんだよ。はっきり言えばさ、妖怪奉行さまが悪いんだ」

「若旦那、めったなことをおっしゃいますな」

辰五郎は周囲を見回した。

すかさず一八は首を引っ込めた。

「親分、びびっているんじゃないよ」

「壁に耳ありですって。妖怪奉行さまは、江戸中に密偵を放っているんですから」

「なら、いっそ、お耳に届けたいね、あたしゃ。妖怪奉行さまが、贅沢華美を取り締まるから、こっちはさ、阿片なんて妙ちきりんなもんに手を出すんじゃないか。あのね、世の中、気休めも必要なんだよ。あたしゃ、お白州で言ってやりたいね」

酒のせいか、気が大きくなった米太郎は堂々とまくし立てた。

「若旦那、頼みますよ。そんな無茶なことばっかりおっしゃらないでくださいよ」

辰五郎が宥めると、

「三百両だ。三百両ならすぐにでも出してやれるよ」

「ほんとですかい」

「ああ、間違いない」

言葉に力を込め、米太郎は答えた。

再び、一八は縁側の下から顔を出した。

「ありがとうございます」

辰五郎は頭を下げた。

それからふと米太郎はにんまりとして、

「場合によっては、千両出してやってもいい」

気が大きくなっているのだと、辰五郎は受け取ったのだろう。

「そりゃ、ありがたいですね」

と、生返事をした。

すると、米太郎の目が尖(とが)った。

「親分、あたしのこと、舐(な)めているんじゃないのかい。ただの馬鹿旦那だって思っているんだろう」

「絡まねえでくだせえよ」

辰五郎は座敷に戻ろうとした。

それを米太郎は腕を取って引きとめる。辰五郎は目をむいた。

「火事だよ」

米太郎は言う。

「火事……」

「手下にさ、火をつけさせろよ。そうだな、本所(ほんじょ)一帯が焼けるような火つけさ。今すぐやれとは言わないよ。三月(みつき)後だ。三月後に火をつける。そんときにさ、木場も燃やしちまうんだよ」

「若旦那、あんたそりゃ」

辰五郎はしげしげと米太郎を見返した。

「あたしはさ、これから、大量の材木を仕入れて、江戸から離れたところに置いておくんだ。大火になってさ、材木がないんじゃ、どうしようもない。うちは材木をしこまた持っているからさ、嫌でもうちから材木を買うことになるって寸法さ」

得意げに語る米太郎に辰五郎は口を半開きにした。

「どうだい、ちっとは見直したかい」

「いや、大したもんだ。悪党だね。つくづく、知り合えてよかったですよ。わかりました。引き受けましょう」

辰五郎は着物の袖を捲った。丸太のような腕が荒っぽい仕事なら任せろと言っている。

「あたしはね、かつての紀伊国屋文左衛門、奈良屋茂左衛門を凌ぐ材木問屋になるんだ。それでね、吉原の門を閉ざしてやるよ」

かつて紀伊国屋文左衛門や奈良屋茂左衛門が行った吉原の貸切りを米太郎はやると言っているのだ。

「頼もしいですね」

辰五郎も大乗り気である。

こいつは、度が外れた馬鹿である。常軌を逸した考えのくせに、まるで自分に商才があると勘違いしている。

「そうと決まったら、飲みなおしだよ。親分、今夜はあんた持ちだよ」

「もちろんですとも」

辰五郎も上機嫌でお座敷へと戻って行った。

一八はすっくと立ち上がると、裏木戸を出た。

義助が待っていた。

「どうだった」

「わかったでげすよ」

一八は探索の様子を語った。

「すると、米太郎って馬鹿旦那が阿片を吸っているのを見てしまって、長太は口封じされたってことかい」

「そうでげすな」

一八は扇子で扇ごうとして義助の方をちらりと見やると、不謹慎と思ったのかやめた。

「よし、米太郎を奉行所に突き出すか」

「そうしやしょうか。しかし、証がないでげすよ」

「そうだな。事故死で片付けたものを再び調べるには、よっぽどのことがないということだよな」

義助は考えこんだ。

「お頭に相談したらどうでげす」

一八の勧めに、

「いや、今回はあっしがけりをつける。それが長太へのせめてもの手向けだ」

義助は決意を込め、両目を見開いた。


あくる日の昼下がり、義助は木場へとやって来た。印半纏に腹掛け姿だが、天秤棒は担いでいない。

江戸幕府開府当初、材木商は八重洲河岸に店を構えていたが江戸の町が大きくなるにつれ火事の温床となり、幕府は何度も材木置き場を移転させ最終的に元禄十四年（一七〇一）に十五の材木問屋が幕府から深川の南に土地を買い受けて材木市場を開いた。これが木場である。

四方に土手が設けられ縦横に六条の掘割と橋が作られている。一帯には材木問屋が店や贅（ぜい）を尽くした屋敷を構え威容（いよう）を誇っている。

木遣（きや）り唄が響き、潮風に材木の香りが混じっているのは木場ならではだ。

木場の一角にある小さな稲荷の鳥居を潜ると米太郎が待っていた。

薄笑いを浮かべ米太郎は義助を迎えた。

「棒手振り風情があたしを脅（おど）すとはね。おまえ、死んだ長太から余計なことを聞いたんだな」

「あんたが阿片に夢中だってな」

胸を張って義助は言い返した。

「いいよ、わかったよ。持っていきな」

米太郎は懐中から財布を取り出すと無造作に小判を摑み、義助の前に放り投げた。目の前に散乱した小判に義助は目もくれず米太郎を睨み続けた。

「どうしたんだい。それじゃ不足なのかい。欲張りだね。分不相応（ぶんふそうおう）な金を持つとろくなことにはならないよ」

米太郎は冷笑を浮かべた。

「あんたは材木問屋の跡継ぎだから、分相応の金をお持ちなんだろうけどね、ろくな使い方をしていないじゃございませんか」

「言ってくれるじゃないか。おまえも、長太みたいになりたいのかい。あいつも素直に金を受け取っていりゃあ、死なずに済んだんだ」

「金で口を封じようって魂胆だったんだろう。師走からこの方、阿片を吸った亡骸が大川に浮かんでいるけど、それもお前らの仕業だな」

「棒手振りにしちゃあ、頭が回るじゃないか」

「それくらいのこと、誰にだって見当がつくさ」

「そう、長太って棒手振りもそこに考えが及びやがった。それで、奉行所に訴えるなんて我儘を言いやがったんだ。そんなことされたら困るだろう。あたしだけじゃなくって、江戸中が迷惑するんだ。だって、あたしは木場の材木問屋の跡継ぎだよ」

「あんた、歪んでいるよ。阿片のせいで心がねじくれたのかい。それとも、根っからかい」

「うるさいよ。その金で満足しないんなら、望みの金を言ってみな。いくら欲しいんだい」

「金なんか欲しくはないさ」

「ならどうだい。おまえも阿片を吸わせてやるよ。なに、心配ない。辰五郎が営む阿片窟にはね、町方の目も及ばない。客筋はあたしのような分限者ばかりだ。本来ならおまえのような半纏着が出入りできる所じゃないんだが、あたしの顔で通えるようにしてやるよ。阿片はいいよぉ。酒なんか比べものにならない。女を抱くより気持ちいいさね。この世の憂さが晴れて極楽気分に浸れるんだ」

米太郎の顔がうっとりとなった。

「阿片なんて、たとえ千両を積まれたって吸いたかねえ、あんた、あっしと一緒に奉行所に行ってくれ。それで、辰五郎一味に阿片をもらったことを証言してくれよ」

興ざめした顔となった米太郎は、

「御免こうむるね」

と、ぺろっと舌を出した。

すると、複数の足音が近づいてきた。見るからにやくざ者といった男が二人、境内に現れた。

「どうして、棒手振りってのは頭が悪いのかね。長太といいおまえといい」

吐き捨てるように言うとやくざ者に向かって顎をしゃくった。やくざ者は匕首を抜いた。

義助は後ずさりをした。

米太郎は芝居でも楽しむかのように眺めている。

と、やくざ者は米太郎に向かった。前と後ろから米太郎を挟むように立つ。

「おいおい、あたしじゃないよ。その棒手振りの口を塞ぐんだよ」

甲走った声で米太郎が言うと前に立った男が、

「あんたの口も塞ぐんだよ。あんたは口が軽い上に、とんでもねえことをやらせようとしている。おれたちはな、火つけなんてやらされたかねえよ」

「三百両渡しただろう。火つけやったら、あと七百両、やるよ」

顔を引き攣らせ米太郎は喚く。

「いらねえよ」

男が舌打ちするや、後ろの男が米太郎の腰に匕首を突き刺した。両目をむき悲鳴を上げる米太郎の胸を前の男がえぐった。血に染まった米太郎は膝からくずおれる。

米太郎の口を封じた二人は義助に迫る。

そこへ、

「御用だ！」

南町奉行所の同心田岡金之助が捕方を率いて雪崩れ込んで来た。

やくざ者は義助を突き飛ばし、境内の奥へと向かう。

「追え！」

捕方に二人を追わせ田岡は米太郎の亡骸を見下ろした。

「旦那、遅いじゃありませんか」

「すまんすまん」

「米太郎を殺したのは伊予の辰五郎の手下に違いありませんよ」

「もちろん、辰五郎を締め上げてやるさ」

腰の十手(じって)を抜いて田岡は約束した。


しかし、あくる日の朝、大川に米太郎を殺した二人の亡骸が浮かんだ。二人とも袈裟懸(けさが)けに斬られていた。財布がないことから侍による辻斬りとされたが、義助は辰五郎による口封じとしか思えない。

田岡は辰五郎を追及したが、阿片の取り扱いと共に二人の殺害をも頑として認めていないそうだ。

義助は長太の家を訪れ、位牌(いはい)に向かって米太郎が殺されたことを報告し、必ず辰五郎に罪を償(つぐな)わせると誓った。

義助の奮闘を他所(よそ)に、外記は陶文展一座の見世物を楽しんだ。

舞台で繰り広げられた軽業(かるわざ)は実に鮮やかで息を呑むばかりだが、それにも増して目を引いたのはホンファであった。

唐代の宮廷衣装に身を包み、琵琶や二胡、竹笛に合わせて舞う姿は天女が舞い降りたようだ。薄い青地のゆったりとした衣服が揺れ、長い手足が躍動する。

舞台狭しと、時に優雅に時に激しく、日本舞踊には見られない動きは見物客を古の唐土へと誘ってくれた。見物客は息を呑み、咳をすることすら遠慮され、食い入るように見つめている。

奢侈禁止令の取り締まりで娯楽に渇望した庶民に与えられるご馳走と呼ぶにはあまりにも可憐だ。

いつまでも、舞ってくれ。

終わらないでくれ。

見物客の願いも虚しく、終了を告げる銅鑼が叩かれた。

荘厳な銅鑼の音が響き渡るとホンファの身体が舞い上がる。鶴が飛び立ったように見えたのは一瞬のことで、ホンファは身を反らせ後方に宙返りを打った。

直後、舞台に降り立ったホンファの姿勢に微塵の乱れもない。

見物席から感嘆の声が上がる。中には涙を流す男や女たちもいた。観客の声援に両手を広げ謝意を示すホンファは、舞姫から一人の乙女に戻っていた。

惜しみない称賛の嵐の中、なぜか外記はホンファに物哀しさを覚えた。

笑顔を浮かべ、挨拶しているホンファの目は見物席を見ていない。遥か遠い西の彼方を見つめているような……。

しかもその目は涙に潤んでいた。

第二話　迷える花弁

一

如月になり、南町奉行所で鳥居耀蔵が与力、同心に奢侈禁止令の取り締まり強化を念入りに命じた後、奉行役宅の居間に戻っていた。内与力となった鳥居家用人藤岡伝十郎を呼ぶ。

藤岡は、幕府の官学を司る公儀大学頭林述斎の三男として生まれた鳥居が文政三年（一八二〇）に二十五歳で鳥居家に養子入りした際、林家から供侍として派遣された。以来、二十年以上にわたって鳥居の側近くに仕えている。歳は鳥居より四つ上の五十一歳だった。

「この三名の者を定町廻り同心に採用する」

鳥居は三名の名が記された書付を藤岡に渡した。

昨年の師走、鳥居の前任者矢部定謙が奉行であったとき、南町奉行所の定町廻り同心四人が死亡した。四人のうち三人は、生前に犯した罪により家名断絶となった。町奉行所の与力、同心は名目上一代限りということになっているが、実際には、息子が早くから見習いとして出仕し、父親の隠居と共に跡を継ぐことが慣例となっている。

つまり、鳥居が奉行に就任したとき、三名の定町廻り同心が欠員となっていたのだ。鳥居はこれを好機と捉え、自分の眼鏡に適った者を任命することにした。鳥居家から忠実一途な者を三名選抜した。

同心の補充以外に、

「それから、例の男が来ておりますが」

「塚原とか申す浪人者か。うむ、通せ」

藤岡は居間を出て、庭に向かって、

「塚原、御前がお目通りなさる」

と、呼ばわった。

庭の隅から男が姿を現し、濡れ縁の前まで歩み寄ると、片膝をついた。

長身の痩せた男である。黒羽二重の紋付に仙台平の袴を穿いているが、紋付の紋は垢と埃にまみれ判読できず、袴の襞は見る影もない。月代は伸び放題だったが、髭は鳥居との面談に備えてか、きれいに剃り上げていた。

「お目通りいただき、ありがとうございます。塚原茂平次にございます」

塚原は深々と頭を垂れた。

「その方、以前、わしに長崎取り締まりに関する意見書を出したな」

鳥居は縁側に立ち目に暗い光をたたえ、塚原を見下ろした。

「はい。二年前のことにございました」

二年前の天保十一年（一八四〇）、鳥居には目付から長崎奉行に転ずる噂があった。塚原は長崎町年寄福田源四郎の元使用人であったが、行状が悪いとの理由により解雇され、江戸に出奔してきた。塚原は長崎時代の知見を生かし長崎奉行に就任する運びとなっていた鳥居に取り入ろうとしたのである。

あいにく、鳥居の長崎奉行就任は実現しなかったが、鳥居は塚原の提出した意見書に目をつけ、自らの犬として塚原を長崎に帰し、長崎町年寄で長崎奉行直轄の鉄砲方を務める砲術家高島秋帆の身辺を探らせた。単に探らせるだけではなく、高島にとって不利な情報、命取りになるような弱みを摑み、罠にかけろと指示をしていた。

高島は鳥居が忌み嫌う西洋砲術を広めようとしている。鳥居の目には絶対に除かねばならない敵と映っているのだ。

今日は高島探索の報告にやって来たようだ。

果たして、

「高島の調べ、進みましてございます」

塚原は媚びるような目で鳥居を見上げた。

「進んでおるとは？」

鳥居は意地悪く突き放した言い方をした。塚原は額に汗を滲ませ、

「高島に恨みを抱く者を見つけ、繋がりをつけましてございます」

「それで……」

「その者たちと語らい、高島に何らかの罪状をかぶせ讒訴させようと存じます」

「よかろう」

鳥居の声音は乾いているが目は爛々と輝いている。陰謀好きの本性が窺える。敵とみなした者を陥れる時、無上の快感を得るのだ。

「かしこまりました……。つきましては、その」

塚原はおずおずと顔を上げた。

「仕官の話か。そうじゃのう。おまえも、浪人の身ではこれからの役目に差し障りがあろう。奉行所で雇うわけにはいかぬゆえ、鳥居家の給人としてやろう」

給人とは旗本家で用人の次席に当たる。主人の側近く仕え雑用をこなした。

「ありがたき幸せに存じます。このご恩に報いるべく、粉骨砕身致します」

塚原は地に額を何度もこすりつけた。鳥居は藤岡からいくらかの金子を与えた。

「その方、探索の力量はありそうじゃな」

「ありがとうございます」

「武芸はどうじゃ」

「腕には覚えがございます」

塚原が答えた途端に、植え込みの陰から数人の侍たちが現れ、抜刀して塚原に襲いかかった。塚原は片膝をついたまま背後に飛び退き、同時に刀を抜き放った。

背後から斬りかかった敵に振り向き様、払い斬りを食らわせた。敵の刀が弾け飛んだ。間髪を容れず塚原は走る。

すかさず敵は追いかける。

松の大木が塚原の前に立ちはだかった。敵は塚原を囲むように輪を作った。塚原は飛び上がると、松の幹を駆け上がり、そのままトンボ返りをして敵の背後に降り立った。

驚き、立ちすくむ敵に向かい、塚原は刃を振り上げた。

「それまでじゃ」

鳥居が声をかけた。

塚原は納刀(のうとう)をして鳥居に向かって一礼した。

「うむ、見事であるな」

「ありがとうございます」

「気に入った。そなたに役目を与える」

鳥居は空咳(からぜき)をした。

塚原は鳥居を見上げた。

「長崎には戻らず、江戸にて、阿片窟を摘発せよ」

「御意にございます」

「わが南町の定町廻りの調べによると、阿片窟は伊予の辰五郎なる博徒が何処かに設けおるようじゃ。辰五郎の家は深川永代寺の近く、阿片窟も深川界隈にあるだろう。よいか、御庭番や北町よりも先んじて摘発せよ。さすれば給人にしてやる。定町廻りを差し置いて、おまえに手柄を立てさせてやろうということじゃ。心して励め」

「ありがたき幸せにございます」

勢いよく塚原は頭を下げた。

「念のため申すが、しくじりは許さん。しくじった場合は、おまえはわれらとは何ら関わりがないものとする。よいな」

鳥居の命令は冷酷であった。

「承知しました」

塚原は声を励ました。

塚原が去ってから藤岡が危惧を示した。

「御前、よろしいのですか。あのような浪人を家来になど取り立てて」

「構わぬ」

乾いた口調で鳥居は言った。

反対することなく藤岡は口を閉ざしているが、不安そうに顔を曇らせている。

「阿片窟摘発は、何としても行わなければならん役目であるぞ」

「承知しております。それでしたら、南町の同心どもを使うべきではございませぬか。辰五郎が阿片窟を営むらしいと探ってきた田岡金之助に任せてもよいのでは」

藤岡はいぶかしんだ。

「そこが、わしの算段じゃ。よいか、北町の遠山はな、贅沢華美の取り締まりに手を抜いておる。わが南町の摘発の厳しさに比べれば、何もしておらんに等しい。よって、今や南町が御改革の尖兵となっておるのだ。摘発の数に大きく差がついた以上、いかな遠山とていよいよ励まねばなるまい。そうなれば阿片窟摘発にまで手が回るまい。遠山はわしが贅沢華美の摘発のみに血眼になっていると思っておるだろう。しかしわしは、贅沢華美摘発の数を減らすことなく、阿片窟も潰してみせる、遠山との力量の差を見せつけてやる。田岡ら南町の同心どもには、引き続き贅沢華美の取り締まりに当たらせる。その裏で塚原に阿片窟摘発を行わせるのじゃ」

語るうちに鳥居は興奮で頰を火照らせた。

「それは考えが及びませんでした」

藤岡は感心して何度もうなずいた。

「物事は常に表と裏の両面から行わなければならない」

「御意にございます」

「塚原の働き次第じゃな。塚原には、博徒、辰五郎を探れと命じたが、気になるのは、辰五郎が何処から阿片を仕入れておるかということじゃ」

「やはり、清国かエゲレスではございませんか」

「清国かエゲレスと申すが、それらの船が江戸の海に入って来る前に浦賀奉行所が荷を改め、江戸湾に入ったなら近頃では船手番頭向井将監どのも取り締まりに当たっておる。それらの目を掻い潜っていかにして阿片が持ち込まれておるのであろうな。田岡の報告によると辰五郎は伊予の海賊上がり、清国やルソンの海も荒らしたと豪語しておるとか。辰五郎の手下どもといえど清国から浦賀近くまでは阿片を運べたとしても、そこからどうやって江戸に持ち込んでおるのじゃろうな」

「夜陰に紛れていずこかの浜に陸揚げしてから、江戸に持ち込んでおるのではございませんか」

「そうも考えられなくはないがな、どうも、腑に落ちん」

「阿片窟を摘発すればわかるのではござりませぬか」

「それはそうじゃがな」

突き出たおでこを光らせ、鳥居は思案に耽った。

二

一方、真中正助は伊予の辰五郎の家へとやって来た。義助から辰五郎が阿片窟を営んでいると報告を受け、外記は真中に探るよう命じたのである。

曇り空の下、強い風が吹きすさび、往来に埃を舞わせている。深川永代寺近く、大島川に架かる蓬萊橋を渡り、木場に向かうこと二町ばかり、深川入船町の一角にある一軒家だった。

博徒の親分の家といっても、町奉行所の目を憚り、大っぴらな人の出入りはない。

「御免」

真中は格子戸を開け、足を踏み入れた。

小上がりの前に広がる土間に子分たちが数人、しゃがんでいた。子分たちは真中を取り巻き、やくざ者特有のねめつけるような目を向けてきた。

「何の御用向きで」

一人が陰湿な声で問いかけてきた。

「用心棒に雇ってもらいたい」

真中は明朗快活に答えた。

「用心棒は間に合っているんですがね」

「そんなことはないだろう。不足しているはずだ」

「お侍、どうして、そんなことをおっしゃるんですかね」

「辰五郎が何やら面白そうな遊び場所を営むそうではないか。いや、既に営んでいるのかな。面白い分、摘発の危険も伴うであろう。腕の立つ用心棒はいくらいても邪魔にはなるまい」

阿片窟のことを匂わすと、男の目が剣呑（けんのん）に彩（いろど）られた。

それを無視して、

「辰五郎、辰五郎、出て来てくれ」

真中は大声で呼ばわった。

子分たちが詰め寄って来た。

「お侍、お引き取りください」

「なんだ、門前払いはないだろう」

真中は動かない。

「野郎」

いきり立った一人が殴りかかってきた。真中は拳（こぶし）を受け止め、手を捻る。苦痛で顔を歪ませた相手を襲ってくる相手に向かって押し付ける。子分たちは浮き足立った。

真中は拳を振るい、一人目の顎、二人目の頬、三人目の鼻を殴りつけた。たちまちにして三人が土間に転がった。

ここで、

「待たせたな」

奥から辰五郎がやって来た。

「用心棒に雇ってくれ」

あくまで明るい顔で真中は頼んだ。

「あんた、腕は確かなようだな。よし、いいだろう」

辰五郎は受け入れた。

「かたじけない」

ぺこりと真中はお辞儀をした。

「月に五両、飲み食いはこっち持ちだ」

辰五郎から条件を提示され、

「五両ですか、もう少し弾んで欲しいものですな」

真中が顔を歪めると、

「働き次第だぜ、お侍」

「なるほど。では、早速、働きたいのだが」

「おい」

辰五郎は子分の一人に向かって顎をしゃくった。真っ先に殴りかかってきた男が真中の案内に立った。

「先ほどは失礼しやした。あっしゃ、権次郎(ごんじろう)っていいやす」

権次郎は腰を折り、非礼を詫びるとこちらですと、家から出た。

真中は権次郎の案内で海辺新田にある廃寺へとやって来た。地名が語るように海辺とあって風は益々強くなり、目を開けているのが辛い。潮風が鼻腔を刺激し、続けてくしゃみをした。

鬱蒼とした雑木林の向こうに、雑草が生い茂り、灌木が並び立つかつての境内があり、朽ちた建物が何棟か建っていた。

「すいませんね、こんな、うらぶれたところで」

権次郎は申し訳なさそうに頭を掻いた。

「いや、秘密めいていて、面白そうだ」

真中は周囲を見回した。

「賭場はそこですんでね」

権次郎は雑木林の向こうを指差した。

あくまで辰五郎は賭場と称しているようだが、外記はそれは阿片窟の隠れみのだろうと真中に話していた。賭場は阿片窟よりましということか。どっちもどっちだと思うが、阿片窟の方が秘密めいている分、隠したい気持ちが強いのかもしれない。

うらぶれた廃寺にあっても、ひときわ朽ちた建物である。屋根瓦は剝がれ落ち、壁は所々穴が空いている。庫裏であったそうだが、その面影はない。

権次郎は引き戸を開けようとしたが、建てつけが悪いとあって軋んだ音を立てるが開かない。権次郎が四苦八苦した後、ようやくのことで開いた。

中は薄暗い。

玄関を雪駄履きのまま上がり、奥へと向かう。廊下には埃が積もり、いくつかの足跡が点在していた。

突き当たりに一室があり、襖は閉じられている。

「今日はいい天気だな」

素っ頓狂な調子で権次郎は言ってから襖をぽんぽんと叩いた。

符牒のようだ。

程なくして襖が開いた。

十畳の座敷になっており、装飾の類はないが、掃除は行き届いている。

三人の浪人がいた。

「今日から、お仲間に加わっていただく、真中さんです」

権次郎が紹介すると、

「真中正助と申します。本日より、よろしくお願いしたい」

真中らしい律儀な物言いで挨拶をした。

浪人たちは返事をしない。

権次郎に向き、

「権次郎、酒が切れたぞ」

一人が声をかけた。

「塚原さん、ちょいと飲み過ぎですぜ」

権次郎が難色を示すと、

「いいから、酒を持ってこい」

塚原と呼ばれた男は横柄に返した。

真中は知る由もないが、鳥居の密偵、塚原茂平次である。

「わかりましたよ」

嫌々ながら権次郎は受け入れてから出て行った。真中は改めてみなに挨拶をした。塚原が、

「酒を飲もうぞ」

と、誘ってきた。

真中はやんわりと断った。

「なら、無理には勧めん」

塚原は鼻を鳴らした。

黙って座ると、一人が近づいて来た。丸顔で唇の脇に黒子（ほくろ）があって、いかにも人が好（よ）さそうだ。

「浮田泰三（うきたたいぞう）と申します。よしなに」

浮田はぺこりと頭を下げた。

真中もお辞儀を返す。

「拙者（せっしゃ）は五日前に雇われました。いやあ、まこと、せちがらい世の中ですな。日雇い仕事をやっておったのですが、賃金は減らされる一方です。それでも、働き口がないよりましだと、口入屋（くちいれや）を連日訪ねましたが、働き口に比べて集まる者が多くて、中々仕事にありつけません。食い詰めた挙句（あげく）にここの用心棒になりました」

聞かれもしないのに身の上を語り、浮田は嘆いた。

「わたしも同様です」

真中は話を合わせた。浮田は小さくため息を吐く。

「この賭場は繁盛（はんじょう）しておるようですな」

真中の問いかけに、

「厳しい取り締まりが続いておりますからな、安心して遊ぶことができる賭場は珍しいのですよ。それに、辰五郎は慎重に客を選んでおります。特定の金持ちしか出入りさせません。客の出入りは少ないですが、賭け金が大きいので賭場に落ちる寺銭も莫大というわけですよ」

「上客がやって来るとはよほど安心なのですな」

「そう思われておるのでしょうな」

「そういえば、賭場は何処なのですか」

いくら取り締まりが厳しいとはいえ、こんな廃寺では博打を楽しむ気にはなれないだろう。それとも、阿片を吸う分には構わないのだろうか。

「ここではござらん」

浮田は立ち上がると真中を誘った。

誘われるまま真中は浮田について物置を出ると、裏庭に向かった。庭といっても荒れ放題の野原である。膝まで伸びた下生えに足をとられながら崩れた練塀近くにある井戸に至った。

涸れ井戸である。

「ここで、ござるよ」

浮田は中を覗いた。

真中も身を乗り出す。

暗くて井戸の底までは見通せない。

「底に扉があります。賭場が開帳される時はその扉が開きます。扉の先には抜け穴がありましてな……」

浮田は真中に向いた。

「いかにも」

「抜け穴の先に賭場があるのですな」

「抜け穴は何処に繋がっておるのですか」

「隣の屋敷の井戸でござる」

「隣の屋敷は……」

「直参旗本谷口千十郎さまの別邸でござる」

谷口は禄高五千石の大身旗本だそうだ。家督を嫡男に譲り、悠々自適の隠居暮らしをしているという。

「嫡男は大番組頭、近々番頭に昇進するそうですぞ」

皮肉な笑みを浮田は浮かべた。大番は将軍を警固する五番方、小姓組、書院番、新番、小十人組、そして大番の五つの番方の中で最も古いだけあって格式が高い。その番頭に、名門旗本が就任するとあって旗本を監察する目付も遠慮しているのだろう。

「この寺をいくら摘発しようとしても、摘発できないというわけですよ。なにせ、我ら食い詰め浪人が巣食っているだけなのですから。谷口屋敷を見張っても客の出入りはないゆえ、押し入って調べるわけにもいかないというわけですな」

「町方が旗本屋敷に立ち入ることができないのはわかりますが、旗本屋敷といえど、昨今、厳しい取り締まりがあると聞いておりますぞ。目付が及び腰とは情けない」

「申しましたように、客の出入りが確かめられず、証もない以上、目付といえど名門旗本の屋敷には踏み込めぬのでしょう」

浮田は崩れた練塀の隙間から見える谷口千十郎の屋敷に視線を預けた。別邸とあって練塀や築地塀ではなく、生垣を巡らした風雅な佇まいである。茶会やこれからの時節、花見にはもってこいであろう。今は紅梅が花を咲かせ、広い庭の向こうに御殿や数奇屋造りの建屋があった。

「辰五郎の奴、谷口をうまく抱きこんだというわけですな」

辰五郎と谷口への非難を込め真中が言うと、

「よほど、寺銭を渡しているのでしょう」

浮田も苦笑を漏らした。

「では、我らは賭場が開帳される時、谷口屋敷で用心棒をするのですな。しかし、幕吏が踏み込んで来ることはないのでござろう。上客ばかりとあっては賭場が荒らされることもないでしょうし、となると、用心棒の役割は何でござるか」

真中は首を傾げた。

「賭場が開かれる時、井戸を守っておればよいということです」

浮田はその方が楽でいいと言い添えた。

「しかし、それだけのことで、手当てがもらえるというのはなんだか、後ろめたくなってしまいますな」

「拙者もはじめはそう思ったのですがな、人というものは慣れるものでござるよ。じきに身体が馴染んで、こういう暮らしが楽でよくなってしまうものです」

浮田の言う通りであろう。

「なるほど、わたしも自堕落になってしまいそうです」

「その方が拙者の性根には合っておるのですな」

浮田は自嘲気味な笑いを放った。

「辰五郎もよくそれで手当てなど払っておりますな。よほど儲けておるのですな。いくら、上客限定の賭場といっても、賭場だけでそんなにも儲かるものなのですか」

「賭場以外にも何かで儲けておると、お考えか」

浮田の目が一瞬、光を帯びた。

人の好さそうな丸顔には不似合いな鋭さを感じた。

問いかけには答えずにいると、

「阿片ではないかと拙者は思っております」

笑顔になり浮田は不穏なことを言った。

「昨今、江戸に阿片が蔓延しておるそうですが、辰五郎の仕業ですか」

「辰五郎は瀬戸内で海賊行為をしておりました。噂では、清国まで阿片を買い付けに行っておるとか」

「浮田さん、やけに詳しいですな」

「暇で野次馬根性に長けております。噂話を耳にするのが好きなのですよ。万が一のための用心棒だというのが、辰五郎の口癖ですな」

浮田は笑った。

用心棒を遊ばせておいて平気なのであろうか。真中はどうしても納得できない。

「真中どの、貴殿(きでん)は真面目でござるな」

浮田の言う通りである。

「しかし、真中どのの生真面目さからしますと、塚原どののようにはいかないでしょうな。何もせず、ただ、飲み食いをしているだけで手当てを貰(もら)うことに抵抗があるのでしょう」

「平穏であるにこしたことはないが。やはり、腑に落ちないのは、賭場の入り口でのみ用心棒をしているということです。賭場の用心棒ならば、賭場におるべきではないのですか」

「だから、賭場で博打ばかりか阿片が吸われておるのですよ」

「浮田さんは、そのことを確かめたのですか」

「立ち入ることなどできませんから、この目で見たわけではござらん」

のんびりした表情のため、浮田に切迫した様子はない。

真中は疑念を募(つの)らせるばかりであった。

「塚原さんは何と申しておられるのですか」

「あの御仁はもう、開き直って、好き放題にしておられますな。真中どのも塚原どのを見習えとは申しませんが、多少は参考になさってはいかがでしょう」

「もう一人の御仁は……。名も名乗ってくださらんが」

「服部さんと申され、口数の少ない陰気な御仁です。服部という苗字しかおっしゃらん」

不満そうに浮田は小さく舌打ちをした。

「ところで、次の賭場はいつ開帳されるのでしょうか」

「今晩でござるぞ」

浮田は空を見上げた。

分厚い雲が黒ずんでいる。雑木林を揺らす風は湿っていた。雨が降ってきそうだ。

「よし」

真中は気合を入れた。

「とはいっても、大した仕事はござらんぞ。ただ、立っているだけです」

浮田は水を差した。

「金の分は働こうと思います」

真中が返したところでぽつぽつと雨が落ちてきた。


その日の夜、雨がそぼ降る中、男たちが集まって来た。みな、番傘を差していても着物の背中や裾が濡れている。上等な紬の着物からして裕福な商人たちであろう。

雨に降り込められながらも町人たちは井戸の前できちんと列を作った。番傘を打つ雨音が静寂を際立たせている。

井戸端には真中たち用心棒が囲み、町人たちを守っている。真中をはじめ、番傘は差さず、菅笠に蓑をまとっていた。

町人たちが井戸を下りる前に、

「いやあ、お待たせしましたね」

辰五郎がやって来た。権次郎が差しかける番傘に身を入れている。数人の子分たちが松明を持っていた。雨風に松明の炎が妖しく揺れる。

辰五郎は町人たちに向かって、

「なら、毎度、すんませんが、検めさせてもらいましょうかね」

低姿勢ながら鋭い目つきで、どすの利いた声をかけた。右頬に走る刀傷が無言の威圧を与えてもいる。

町人たちは懐中から木札を取り出した。

賭場への通行手形ということだ。町人たちは札を見せてゆく。意外にも辰五郎は慎重であった。決しておざなりではなく、札の一枚一枚を丁寧に、そして慎重に確かめていった。

町人たちも辰五郎の検閲がすむまでは緊張の面持ちで待っている。検閲がすむと、ほっと安堵の表情を浮かべて井戸の端をまたいだ。子分たちが番傘を受け取り、縄梯子を下りる手助けをした。井戸の中を松明で照らし続ける。

「今夜は十人だ」

全員が井戸に下りてから辰五郎は言った。

それから、

「先生方、どうもご苦労さんですね」

辰五郎は用心棒たちをねぎらった。

真中が、

「まこと、これでよいのでござるか」

と、疑問を呈した。

「かまわねえですぜ」

「賭場には行かなくてよいのでござるか」

「そんなことは、いりませんや。町方は旗本屋敷に踏み込めませんのでね」

「それはそうだが、賭場が開帳されていると目付の耳に入ったなら、いくら旗本屋敷といっても、見過ごしにはすまいと思うが」

尚も勘繰る真中に、辰五郎はそんなことはないと強気の姿勢を崩さなかった。

三

あくる日は雨は上がったが曇り空で、寒が戻った。風は身を切るように冷たく、外に出るのが億劫(おっくう)である。

ところが、春風はというと、相変わらず陶文展一座の見世物に夢中であった。一座の芸を見物し終え、浅草寺の境内を抜け、風神雷神門(ふうじんらいじんもん)を出た。すると、

「ホンファ」

と、春風は呟(つぶや)いた。

唐人服ではなく、日本の着物、それに島田髷を結っているため、一見してホンファとは気づかないが、春風の目はホンファであることを見抜いた。

ホンファは唐人を装っているだけで日本人であるからか、和服姿にも楚々(そそ)とした色香が漂っている。仕事の合間に、しばしの外出を楽しむのであろうホンファに声をかけていいか春風は躊躇った。

それでも気になる。

ホンファの魅力に引かれるようにして後をついて行った。魅力に引かれたということも

あるが、一方でホンファの思いつめたような顔つきが気になったのだ。

ホンファは大川にかかる吾妻橋を渡ってゆく。間合いを取り、春風も続く。強い川風にさらされ、春風は身をすくめてしまった。春風に限らず行き交う者たちはみなうつむき加減だ。しかし、ホンファだけはぴんと背筋を伸ばし、正面を見据えて足早に進んでいる。

何か強い意志のようなものが感じられる。

それが春風の不安を煽り立てた。


大川沿いを深川方面へと向かい、やがてホンファは海辺新田の廃寺へと入って行った。

「どうしたんだ」

春風は戸惑った。

ホンファと廃寺、どうしても結びつかない。思いつめたような表情、強い意志と相まって、春風の胸にわだかまっていた不安が危機感となった。

躊躇いもなく、春風も廃寺に足を踏み入れた。雨露を含んだ下ばえを踏みしめるときゅっと足音が鳴る。どきりとしたが、幸いホンファに気づかれることはなかった。春風は足音を忍ばせ樫の木の陰に身を潜ませた。

ホンファは鬱蒼と雑草が茂った境内を歩き始めた。きょろきょろと見回し、何かを探っているかのようだ。

当然ながら建物はいずれも朽ち果てている。

ホンファは建物の一つ一つを覗いてゆく。やはり、何か、あるいは誰かを探しているようだ。

すると、

「おお、なんだ」

うろんな声が聞こえたと思ったら、いかにも性質（たち）の悪そうな浪人が建物の一つから出て来た。

ホンファは小さく悲鳴を上げて棒立ちとなった。

ついで、踵を返す。

すかさず浪人が、

「待て」

と、前を塞ぐと同時にホンファの腕を摑んだ。

声を立てず、ホンファは抗った。

「何を探っておった」

浪人は鋭い目を向けた。

ホンファは首を左右に振った。迷い込んだと訴えたいようだ。

「道に迷って、この屋敷に入って来たというのか」

「はい」

か細い声で答えるとホンファはうつむいた。

「嘘を申すな。探りを入れておったではないか。貴様、何者だ」

浪人は摑んだ手を捻り上げた。

言葉の代わりにホンファは苦痛に顔を歪ませた。

やがて、浪人がもう一人出てきた。

「塚原どの、いかがされた」

塚原とは違って丸い顔と唇の脇にある黒子のせいで人が好さそうだ。

「浮田どの、こやつ、怪しげな動きをしておったのだ。きっと、ここを探っておったに違いない」

ホンファの腕を摑んだまま塚原が言うと、

「このような若くて美しい娘がでござるか」

浮田は茫洋(ぼうよう)とした顔でホンファを見た。

「ああ、ここをあちらこちら嗅ぎ回っておった。何処かの密偵に違いない」

塚原は決めつけた。

「ほう、くのいちでござるか」

冗談めかして浮田は返した。

「わたし……知りません」

やっとのことで発したホンファの言葉は片言だ。

「迷い込んだのではござらんか」

浮田が庇(かば)うと、

「たとえ、密偵じゃなくとも、丁度いい。酌の一つもしてもらうか。酌をさせながら、じっくりと調べてやる」

塚原はにやけた。

塚原の手を振り解(ほど)こうとホンファはばたばたと腕を動かした。しかし、塚原の手はしっかりと摑んでいて、寸分たりとも離れない。

「おとなしくしろ」

塚原はホンファの腕を引っ張った。

ホンファは大きくよろめいた。

「ああ、ダメ！」

悲痛な叫びが曇天の空に吸い込まれてゆく。海風を切り裂くような悲鳴が春風の胸をえぐった。

堪らず春風は樫の木の陰から飛び出した。

「なんだ、貴様」

塚原は視線を春風に向けてきた。

「その娘、わたしの知り合いなのです」

春風は声をかけた。

「貴様、何者だ！」

塚原は目をむいた。

春風は胸を張り、両手で十徳の袖を伸ばして名乗った。

「わたしは、絵師ですよ。小峰春風と申します」

「小峰……なんだと、知らぬな。勝手に絵師だと名乗っておるのではないか」

鼻を鳴らし、塚原は小馬鹿にした。

「れっきとした絵師でござる」

誇りを傷つけられ、春風はむっとして返した。真っ黒な顎髭が微妙に揺れる。

「絵師とこの娘が何か関係があるのか」

塚原が詰問すると、

「わしはこの娘の絵を描こうと思ってな、わしの住まいまで来てもらおうと、頼んだのだ。ところが、何時までたってもやって来ないのでな、ここまで探しに来たという次第」

臆することなく春風は話を取り繕った。

「そういうことでござるか」

浮田は納得したようだったが、

「嘘くさいな。よし、おまえも一緒に来い」

塚原は春風に視線を向けた。

「では、わたしがお酌しましょうか」

おどけて春風が返すと、

「馬鹿、おまえなんぞの酌を受けても酒は美味くない」

「では、絵を描きましょうか」

「ふざけおって」

塚原が怒りを募らせたところで、

「どうした」

真中正助が出て来た。

真中は春風に気づき、目で任せろと言った。

「こやつら、ここを探っておった。まったく、怪しい奴らだ」

塚原の疑いを、

「違いますって、絵を描こうと思っておっただけですって」

春風は強い口調で言い訳をした。

「そんなたわ言、信じられるか。第一、こんな廃寺を背景に絵なんぞ描くものか」

「そこが素人というものですな。よいですか。この美人をお花畑や桜の木の下で描いたところで、それは美しいかもしれんが、それではあまりにも平凡というか芸がない。そこで、こうした殺風景な廃寺を舞台に描けば、一段とこの娘の美貌が引き立つというものですよ」

得意げに春風は返した。

「ふん、もっともらしいことを申しおって」

塚原は納得できないようだが、

「なるほど、そういうことですか」

浮田は感心した。

「嘘に決まっておる」

塚原は信じようとしないが、

「いや、まことでござろう。わたしは小峰春風の絵を幾枚か持っておるが、いずれも奇抜(きばつ)でありながら、美しく華麗な絵ばかりであった。春風の申すことはもっともだと思いますぞ」

真中が助け船を出した。

「そうでござろう」

浮田もうなずく。

「そうか、絵師というのは本当らしいが、絵師を装う密偵ということも考えられる」

塚原は疑いを解かないが真中が、

「辰五郎が呼んでおるぞ。予定になかったが、今晩も開帳するそうだ」

塚原は不満そうだったが結局、

「とっとと失(う)せろ」

ホンファと春風を解放した。

春風はちらっと真中に視線を向けてから、ホンファを連れて出て行った。

浮田は不似合いに鋭い眼光で空を見上げていた。

寺を出たところで、

「ホンファさんだね」

春風は問いかけた。

ホンファはうつむいていたが、こくりとうなずいた。

「よかったら、話してくれないかね。どうして、あの廃寺を訪れたんだね」

春風はできるだけ、丁寧な物言いで問いかけた。

「それは……、今は……話、でき、ま、せんね」

たどたどしい口調でホンファは答えた。

どうやら、ホンファは本物の唐人のようだ。となると日本に渡って来た事情を含め、廃寺を探っていたわけが気にかかる。

義助の探索により、深川を縄張りとしている博徒、伊予の辰五郎が阿片窟を作っていることがわかった。真中が潜入しているということは、この廃寺が阿片窟だろう。すると、ホンファも阿片窟を探りに来たのではないか。阿片流入の源は清国だ。ホンファと陶文展一座は阿片流入に関係しているのだろうか。

はっきりさせたいが、初めて口を利く男にホンファは本心を打ち明けはしないだろう。

「無理には聞かないが、とっても危ない気がするよ」

「助けて、くださり、ありがとう……ございます」

深々とホンファは腰を折った。

「お礼はいいんです。それよりも、答えたくないような危ないことなのですか」

優しい口調で問いかけを繰り返したが、

「ごめんなさい」

ホンファは何度も頭を下げるばかりで事情を打ち明けようとはしない。これ以上聞くのは責めているようで気の毒になってきた。見知らぬ浪人に乱暴されそうになった直後でもある。

今日のところはそっとしておこう。

「わかった。でも、くれぐれも気をつけなさいよ」

春風は念押しをして別れた。

四

その晩外記は、廃寺に隣接した旗本屋敷が賭場を装った阿片窟ではないか、という報せを真中から受けて谷口の別邸に忍び込んだ。黒覆面、黒小袖に黒の裁着け袴という忍び装束に身を包んでいる。

幸い、分厚い雲が月や星影を隠している。探索にはもってこいの夜で、黒ずくめの外記は闇に溶け込んでいた。しんと静まった屋敷内を外記は探った。

井戸から、町人たちが続々と出て来た。町人たちは屋敷内の一角にある建屋へと向かった。

建屋は数奇屋造りで、一見して茶室のようである。十人ばかりの町人が数奇屋に入ってから外記は近づいた。

屋敷内は静まり返っている。特別な警固も行われていない。ずいぶんと警戒が手薄だと外記はいぶかしんだ。

数奇屋の植え込みに身を潜める。

鉄火場(てっかば)の殺気だった雰囲気はまったくない。やはり、博打ではなく、阿片を吸引しているのであろうか。

息を詰めていると、にわかに表門辺りが騒がしくなった。

どやどやと、捕物装束に身を固めた集団が入って来た。突棒(つくぼう)、刺股(さすまた)、袖搦(そでがらみ)を手にしたものものしい捕方の先頭をきっているのは丸顔の浪人だ。

男は数奇屋へとやって来て、

「御免！」

大きな声で呼ばわった。

雨戸が開けられた。縁側に初老の武士が立つ。小袖に袖なし羽織を重ね、宗匠頭巾を被り、いかにも茶室の亭主といった風である。

「拙者、徒目付、浮田泰三と申します。ご直参、谷口千十郎さまでございますな」

厳しい目つきで浮田は言った。

「いかにも谷口であるが、このものものしい騒ぎはいかがしたことじゃ」

険しい表情で返した谷口は五千石の大身旗本の威厳を失っていない。

「失礼ながら、こちらの屋敷で阿片の吸引が行われている由。ついては、役儀により、立ち入り調査を致します」

浮田は言った。

「馬鹿なことを、何が阿片じゃ」

谷口は怒鳴った。

浮田は、

「そこな町人ども、隣の廃寺の涸れ井戸より、こちらの井戸を辿って屋敷内に入っておりますな。いかにも怪しげでござる」

「それは趣向というものじゃ。風流を解さぬ武骨なる輩から見れば、単に怪しげな行いと映るのかもしれんがな」

「なるほど、拙者は風流を解さぬ者でござります。では、その風流とやらを見せていただきましょうか」

浮田は役人たちを促した。

「申しておくが、土足は許さんぞ」

きつい口調で谷口に言われ、さすがに履物を脱ぎ、茶室の中に入った。

「その方らは外に出よ」

浮田に言われ、町人たちはすごすごと庭に降り立った。みな、おどおどとして、浮田たちの立ち入りを見守っている。一人、谷口のみは縁側に悠然と腰を据えていた。

「香道じゃよ」

谷口は声をかけた。

香道、つまり香を聞く会であると谷口は言ったのだ。浮田たちは部屋の中に設えられた茶道具をひっくり返したり、棚を覗いたりしている。

「これ、乱暴に扱うな。壊れたら弁償してもらうぞ」

谷口は叱責を加える。

浮田はそれを無視して探索を続けた。

「見つかったか」

浮田は声をかけた。

「いいえ」

「急げ」

浮田に焦りの色が表れてきた。

「見つかりましたかな」

余裕で谷口は問いかける。

浮田は唇を嚙んだ。

「茶室以外も調べたらどうだ」

谷口は言った。

浮田は無言で見返す。

「存分に調べるがよい。但し、何も見つからなかったら、見つかりませんでした、申し訳ございません、ではすまされぬぞ。その方はもちろん、その方に探索を命じた目付も責めを負うことになる。その覚悟はあろうな」

谷口に言われ、浮田はたじろいだ。

焦りを通り越し、浮田の表情は蒼白になっている。どうやら、自信がないようだ。役人たちは当惑して浮田の指示を待った。

浮田は、

「申し訳ございませんでした」

と、両手をついた。

「得心が行ったか」

谷口は穏やかな口調ながら憤怒の形相である。

「はい」

畳にはいつくばるように浮田は土下座をしてから、役人に撤収を命じた。

「申しておくが、後日、厳重なる抗議を致すぞ。腹をくくっておれ」

谷口は声を高め言い放った。

浮田たちはすごすごと退散していった。

浮田たちが去ってから、外記は耳を澄まし谷口たちの様子を窺った。

「さあ、無粋な連中が出て行ったから、これから、心行くまで風雅の道を味わおうではないか」

谷口は言う。

町人たちは茶室に戻った。

谷口は縁側に立ち尽くし、夜空を見上げた。雲が切れ、星が瞬いている。

香を聞くにはふさわしい雅な夜である。

谷口は泰然自若とした所作で茶室へと戻っていった。

それから外記は縁の下に身を潜り込ませた。

耳を澄ます。

「さて、これは、素晴らしい香でございますな」

町人の声が聞こえた。

「さよう、唐渡りのえも言われぬ香じゃぞ」

谷口の声が浮き立っていた。

その少し前、

「浮田どのの姿が見えんぞ。そろそろ、賭場が開帳されるというのに」

塚原が用心棒部屋を見回した。

服部は無言だ。

「真中どの、浮田どののことを知らぬか」

「さて、わたしは存じませんな」

真中も気になっていたことだ。

「ともかく、そろそろ、井戸端へ行くか」

塚原は腰を上げた。

真中たちは裏庭の涸れ井戸へとやって来た。そこに辰五郎もいる。

「おや、浮田さんはどうしたんです」

辰五郎の問いかけに、

「夕暮れ時から姿が見えんのだ」

塚原が答えた。

「何処かへ遊びに行っておられるんですかね」

意外にも辰五郎はさして気にしていない様子である。

「それにしても、何処へ行かれたのか、気になりますな」

真中は首を捻った。

「ま、いいじゃござんせんか。無理に引き止めることはありませんや」

辰五郎はいかにも用心棒の成り手などいくらでもいると言いたげである。

そのうちに、町人たちがぞろぞろとやって来た。真中の目には町人たちが心なしか緊張を帯びているような気がした。

「みなさん、存分に楽しんでくださいよ」

辰五郎は対照的に楽しそうだった。

「楽しそうだな」

塚原が声をかけると、

「楽しくてなりませんや。先生方も楽しみを見つけるこってすよ」

辰五郎は笑った。

「ふん、そうそう楽しいことなんかないぞ」

塚原は苦い顔をした。

町人らを送り出してから真中は用心棒部屋へと戻った。

すると、辰五郎が酒を持って来た。そればかりではなく、

「仕出しも届きますんでね」

などと上機嫌に言った。

「馬鹿に景気がいいではないか」

真中が言うと、

「先生方にはお世話になってますんでね、せめてもの、奉仕でございますよ」

辰五郎は揉み手をした。

「どうした、何かよほどいいことがあったようだな」

「ま、そこそこですよ」

辰五郎は答えようとしない。

やがて、権次郎たちが仕出しを届け、飲めや唄えの騒ぎとなった。

「女っ気がないのが寂しいが、我慢するか」

塚原は不満そうに鼻を鳴らした。

「なら、先生方、お楽しみくださいね」

辰五郎は出て行った。

真中は用心棒部屋を出た。

用心棒部屋の喧騒(けんそう)から逃れると、森閑(しんかん)とした闇が際立ち、響く犬の遠吠えが静寂を際立たせている。

すると、

「御用だ！」

静寂を破る甲走った声が耳に届いた。

聞き覚えのある声だ。

浮田……

真中の知る茫洋とした浮田の容貌とは結びつかないが、その声は間違いなく浮田のそれである。

真中は耳を澄ました。

なにやら、騒ぎが起きていることはわかる。それは隣り合わせた谷口屋敷である。

谷口屋敷に手入れが入ったようだ。

手入れをしているのは浮田であろうか。ということは、浮田は隠密であったということだ。意外な気はしない。辰五郎の素性について詳しかったし、谷口屋敷で阿片が吸われていると疑ってもいた。浮田は谷口屋敷に狙いをつけて辰五郎に雇われたのだろう。

気になり、真中は井戸を下りて谷口屋敷に行こうと思ったが、何もわざわざ井戸を通らなくてもよいと思い立ち、廃寺を抜けると谷口屋敷に向かった。巡らしてある生垣の隙間から易々(やすやす)と屋敷に入ることができた。

数奇屋の方が騒がしい。

真中は忍び足で庭を横切り、数奇屋に近づいた。

松の木陰で数奇屋の様子を見る。

案の定、浮田は役人を引き連れて数奇屋の探索を行っている。やはり、ここで阿片が吸引されていたのだろう。摘発される様を見届けようと真中は松の木陰に佇んだ。

すると、予想に反して浮田たちの摘発は不発に終わった。

いつまでもここにいても仕方がないが、浮田の意外な正体にしばし立ち尽くしてしまった。

すると、数奇屋の縁の下から外記が現れた。

「お頭」

低い声で呼ばわった。

不意打ちのような呼びかけにもかかわらず、外記は動ずることもなく真中を見返し、二人は庭の隅まで歩いた。

「徒目付の浮田、用心棒として辰五郎のところに入り込んでおりました。きっと、この廃寺が阿片窟だと狙いをつけたのでしょう。それが、隣の旗本屋敷と井戸で繋がっていることを知り、やはり谷口屋敷こそが阿片窟だと見当をつけ踏み込んだのでしょうが、見事に外れてしまったのですな」

「わしもこの屋敷で阿片を吸っておると思う。清国渡りの香、などと谷口は申しておったからな」

「では、幕吏が踏み込むと知って、裏をかいたということですな。ああ、そうです。辰五郎は馬鹿に上機嫌でした。酒に仕出しを振舞ってくれましたよ。きっと、浮田が密偵と知り、摘発をかわすことを企てたのでしょう。予定のなかった今晩に急遽、賭場を開帳することにしたのは浮田を釣り出すためであったと思われます」

「そうか。ならば、そなた、必ず辰五郎の尻尾を摑め」

外記が命じると、

「承知しました」

真中は表情を引き締めた。

「それにしても、伊予の辰五郎、思ったよりも思慮深い男なのかもしれんな」

外記は言った。

五

明くる日の昼下がり、辰五郎が廃寺にやって来た。

用心棒部屋に入り、真中や塚原、服部の前にどっかと座る。

「昨晩ですがね、お隣の谷口さまの御屋敷で騒動があったんですよ」

　辰五郎は切り出した。

「騒ぎって何だ」

　あくび交じりに塚原が問い返す。

「お上の立ち入りがあったんでさあ」

「公儀が賭場の摘発に動いたということか」

「その摘発の指揮を執っていたのが誰だと思います」

　問いかけておきながら辰五郎はにやっと笑って自分で答えた。

「浮田さんですよ」

「ほう、そいつは面白い」

　塚原は笑ったが服部は黙り込んだままだ。真中は表情を消し、

「浮田どの、何者であったのだ」

　塚原が、

「公儀の犬に決まっておるだろう」

　これを辰五郎が受け、

「徒目付であったそうですよ」

「徒目付か。なるほど、うまく潜入したもんだな」

塚原はうなずいた。

「それで、賭場は摘発されたのか」

真中の問いかけに、

「いいや、そんなどじは踏みませんでしたよ」

辰五郎が答えたところで、

「うまいことやったのか」

服部が問いかけた。

初めて服部がしゃべるのを聞いた。陰気な様子同様に、低くてくぐもった声だ。ぼそぼそと呟くようで聞き取り辛い。

「浮田の奴、丸い顔を真っ青にさせていたってことですぜ」

おかしそうに辰五郎は肩を揺すった。

「辰五郎、そなた、浮田どのが徒目付であったこと、存じておったのか」

真中の問いかけに、

「ええ、まあ」

辰五郎は言葉を曖昧(あいまい)にした。

「どうして、存じておったのだ」

　真中の追及に、

「そりゃね、あっしはこれで人を見る目ってもんがあるんですよ」

「人を見る目があるのなら、用心棒に雇い入れる時にわかったのではないのか」

「いや、そりゃ、まあ……いいじゃござんせんか」

　辰五郎は曖昧に誤魔化した。ついで、右頬の刀傷を指でなぞりながら、

「先生方、もしやとは思いますが、浮田みたいに、御公儀の手先ってことはないですよね」

　と、真中たちをねめつけた。

「辰五郎、我らを疑うのか」

　塚原がいかにも不服そうに言い立てた。

　服部はそっぽを向いている。

「浮田のこともありましたんでね。用心しているんですよ」

「用心しなければならない用心棒を雇っているというわけか」

　塚原はおかしそうに笑った。

「ま、ともかく、妙な動きはなさらねえでくださいよ」

辰五郎は釘を刺してから出て行った。

服部は部屋の隅でごろんと横になると、腕枕をしてすぐに鼾(いびき)をかき始めた。

「ふん、つまらん」

塚原は酒を飲み始めた。

「たまにはどうだ」

五合徳利(どっくり)を向けてきた。

真中は一杯だけ貰うと、湯飲みを差し出した。塚原の酌を受け、一口飲む。

「真中どの、昨夜、何処へ行っておった」

不意に塚原は聞いてきた。

真中が返事をしないでいると、

「夜九つ（午前零時）を回ってから、用心棒部屋から出て行ったであろう」

「厠(かわや)だ」

短く答えると、

「半刻(はんとき)（一時間）程も帰ってこなかったではないか。わしはな、寝つかれずにおったのでな、真中どののことが気になったのだ。まさか、真中どのも公儀の犬か」

ねちっこい目を向けられ、真中は辟易(へきえき)した。

「まさか、犬などのはずはない」

真中が一笑に付すと、

「ならば、昨晩はどちらへ行かれたのだ」

塚原はしつこい。

「答えねばならんか」

真中は険しい目を向けた。

「答えられんようなことなのか」

再び塚原は五合徳利を向けてきたが、真中は断り、

「実はな、これだ」

と、壺を振る真似をした。

「博打だと」

塚原は目を丸くした。

「わたしは、これで無類の博打好きでな。辰五郎の用心棒になったというのも、博打好きが高じてのことなのだ。ところが、ここで賭場は開帳されておらぬ。大いにあてが外れてしまった。それで、隣の屋敷で賭場が開帳されていると知り、いても立ってもいられなくなってな、とうとう、昨夜、我慢ができずに隣の屋敷に向かったのだ。そうしたら、驚く

ではないか。なんと、浮田どのが役人を連れて数奇屋に踏み込んでいた。しまった、摘発かと息を呑んで見守ってしまったのだ」

我ながら情けないと、真中は肩を落とした。

「ほう、そうか」

塚原は半信半疑の様子である。

「いや、まいった」

恥じ入るように真中が面（おもて）を伏せた。

「しかし、摘発は不発に終わったということだな」

塚原は確認してきた。

「そういうことだ」

「それにしても、賭場ということにしていたとは辰五郎も考えたものだな」

感心したように塚原は言った。

「ところで、辰五郎と谷口という旗本はどんな繋がりがあるのだろうな」

真中が疑問を呈すると、

「谷口の本邸で、辰五郎が賭場を開帳しているのだ。谷口はずいぶんと寺銭を受け取っていたのだろう。だから、別邸でも賭場を開くに違いないとは、本邸の賭場の客が噂していたそうだ」

「ところが、別宅では賭場ではなく阿片の吸引が行われていたということか。大身旗本、大番頭の御家が泣くな」

怒りが湧き上がり、真中は吐き捨てた。

「辰五郎め、よくやったもんだが。そもそも、阿片を何処から手に入れているのだろうな」

塚原は疑問を投げてきた。

「わからん。ひょっとして、塚原どの、それを探っておるのか」

真中は目を見開いた。

塚原はにんまりとし、

「そろそろ腹を割ろうではないか。貴殿も阿片窟と阿片の流入の道筋を探っておるのではないのか」

「わたしは隠密ではない」

「腹を割ってくれぬな。わしはどなたとは申せんが、阿片を探るために潜入しておる。共に手を組んで、探ろうではないか」

塚原の真意がわからない。

ひょっとして、浮田にもこの手で接近したのではないか。浮田は心を許してしまった。

そして、浮田が幕府の密偵であることを辰五郎に密告した。浮田が摘発に動くことを辰五郎は知り、それで、不発に終わらせることに成功したのではないのか。

とすれば、塚原は辰五郎の犬か……。

「いや、わたしはまこと、隠密などではない」

きっぱりと真中は否定した。

「わかった。疑って悪かったな」

塚原は軽くうなずいて微笑むと、湯飲みの酒を飲んだ。

六

翌日の昼下がり、辰五郎が用心棒部屋にやって来た。

「今夜も先生方、頼みますよ」

辰五郎が言うと、

「今晩は開帳しないんじゃなかったのか」

ぼそぼそとした口調で服部が問いかけた。

一瞬、辰五郎は険しい顔で服部を見返してから、

「開帳じゃないんですよ。先生方に手伝ってもらいたいんです」

「何をだ」

真中が問いかけると、

「大事な品物が入るんですよ」

短く答えただけで、そそくさと辰五郎は立ち去った。


その半刻後、真中が廃寺の敷地を抜けると春風が待っていた。

「今夜、辰五郎たちは動き出す、とお頭に伝えてくだされ」

真中が頼むと、

「承知しました。阿片が運びこまれるということですな」

春風がうなずく。

ここで真中が、

「しかし、解(げ)せん」

と、呟いた。

おやっという顔で春風は立ち止まった。

「どうしましたか」

「辰五郎の奴、あっさりと阿片が届くことを明かすものだろうか」

「何か裏があると」

「そんな気が……いや、ともかく今夜、辰五郎は動き出す」

「真中さんの疑念、お頭にも伝えます」

「頼みます」

軽く頭を下げてから、

「ところで、先日迷い込んできた娘、何故、ここを探ったのでしょうな。春風さんの知り合いなのでしょう」

「あのときは真中さんが機転をきかせてくれて助かった。あれは浅草奥山で唐人の一座にいるホンファという踊り子なのですが。娘がここを探っていた所以(ゆえん)はわかりません。ただ、言えることはよほど深い事情があるということです。あの娘、唐人のふりをしているのではなく、まことの唐人のようですぞ」

「清国から渡ってきたということですか」

「そうかもしれません。だとしたら、尚のこと、ここを探っていたことが気になりますな」

「ひょっとして阿片に絡んでのことではないでしょうか」

真中の考えは春風も懸念していたことのようで眉間に皺を刻んだ。

廃寺に戻ると庭の片隅に煙が立ち上っている。側に寄ると、服部が焚き火をしていた。

真中が近づいても素知らぬ態である。声をかけることなく、真中は用心棒部屋へ向かった。


用心棒部屋に戻ると、塚原は相変わらず酒を飲んでいた。

酒を真中に勧めることなく、

「いつか、ここを探っておった娘、何者であるか思い出したぞ」

「ほう、そうなのか。わたしは、既に顔すら忘れてしまったが、塚原どのは何処かで会ったのか」

先ほど春風が言っていた、ホンファがいるという浅草奥山の見世物小屋を塚原は覗いたことがあるのかもしれない。ところが、塚原は意外なことを言った。

「長崎だ。わしは、この正月まで長崎におった。日付は忘れたが、昨年の秋頃であった。唐人一座の見世物が評判を呼んでおってな、一座の中にあの娘がおった。芸を披露しておった時は唐人服であったゆえ、すぐには思い出せなかったが、間違いない、あの娘であった」

「他人の空似(そらに)ではないのか」

「いや、間違いない。あの娘、ろくに言葉を発しなかったが、もしかして本物の唐人かもしれんな。唐人がここを探っていたとなると……」

　塚原は薄笑いを浮かべた。


　その晩、辰五郎と子分たちが大八車を引いてやって来た。松明を持った子分が大八車の周りを囲んだ。

　木箱が積んであった。

「木箱の中は何だ」

　例によってぼそぼそとした口調で服部が問いかけた。

「小判ですよ、と、言いたいところだが、ま、何でもいいじゃござんせんか」

　辰五郎は惚(とぼ)けた。

「用心棒が必要な程、大事な物なのだろう。教えてくれてもいいではないか」

　服部は食い下がった。

　無口な男にしては珍しく熱を帯びた顔つきとなっている。

「しつこいな、服部さんも。そんなに興味があるんですか」

辰五郎は舌打ちをした。

「見せろ」

服部が大八車に近づいたところで、

「御用だ！」

という声が響き渡り、捕方が殺到して来た。

御用提灯を掲げ、突棒、袖搦、刺股といった捕物道具を手にした中間、小者たちは北町奉行所の捕方であった。

「な、なんの騒ぎですよ」

辰五郎が目をむくと、

「辰五郎、神妙にしろ」

服部が傲然と言い放った。

冷ややかな目で見ていた塚原が服部に声をかけた。

「服部どの、北町の隠密同心であったのか」

塚原の問いかけには答えず服部は捕方を促した。何人かが大八車の木箱の蓋を開けた。

「阿片であろう」

服部が問いかけると、

「それが……」

一人がうろたえ、言葉を詰まらせた。

辰五郎はにやにやとしている。

服部は捕方を押し退け、木箱を覗き込んだ。ついで、手を突っ込むと木箱の中を探る。

辰五郎も木箱に近寄ると、何かを摑み取った。

「見た通り、触った通り、米ですよ。服部さん、一体、何が入っているとお考えになっていたんですか」

掌(てのひら)を松明に寄せた。

精米された真っ白い米が真中の目にもはっきりと映った。

「おのれ、舐めおって。阿片は何処だ、何処にある」

声を震わせ服部は辰五郎に迫った。

「服部さん、妙な言いがかりはやめてくださいよ。阿片なんて物騒な物、あっしゃ、一切、存じませんよ」

「ならば、夜更けにどうして米など運んでまいったのだ」

「人助けですよ。飢饉(ききん)にでもなって、米が値上がりした時に、人さまに役立てようと思って備蓄しとくんです」

しれっと答えた辰五郎に、

「悪党めが、白々しいことを申しおって」

服部は歯噛みした。

「あっしが、何のために米を備蓄しようと勝手でござんしょう。確かなのは阿片なんて、これっぽっちもないってこってすよ」

辰五郎は睨み返した。

拳を震わせ立ち尽くす服部に、

「服部どの、勝負ありですぞ。阿片などないとわかったのだから、さっさと引き上げるべきだ。いくら博徒でも、やってもいない罪でお縄にはできまい。北町の遠山さまは、公正なお裁きで知られるお方、名奉行の看板に泥を塗ってはいかんぞ」

いつもの崩れた物言いではなく、塚原は冷静な口調で語りかけた。それだけに、服部は摘発失敗の屈辱で顔を引き攣らせていた。

「服部どの、引き上げられよ」

今度は威嚇（いかく）するように塚原は声を荒らげた。

ここに至って、

「引き上げるぞ」

服部は力ない声で告げると、捕方を率いて闇の中に消えていった。北町奉行所の捕方が撤収したことを確かめてから辰五郎はしてやったりと哄笑を放った。子分たちも腹を抱えて笑う。

「塚原さん、浮田に続いてありがとうございました。服部までが隠密だったって、よくわかりましたね」

辰五郎に問われ、

「服部の奴、おまえが今夜大事な荷が届くと言った後、庭で焚き火をしおった。わしは気づいたよ。さては、捕方に合図を送ったってな」

塚原が答えたところで、子分が駆け込んで来た。

「親分、周りには誰もいませんぜ。北町は間違いなく引き上げていったようです」

子分の報告を受け、

「北町以外にも捕方はいねえな」

「いませんよ。四方を探らせましたからね。かりに、少人数の捕方が潜んでやがるとしても、こんだけ人数を揃えているんですから、お縄になんかできっこありませんぜ」

強気の子分に、

「よし、運び込め。そろそろ、谷口さまのお屋敷に出入りしている旦那衆も楽しみにしていらっしゃるんだ。それと、これからはな、岡場所にも売ってやるぜ。客を取るのを嫌がる女郎を手なずけるためにもってこいだからな。益々、阿片は売れるってわけだ」

辰五郎は運び込めと命じた。

子分たちがぞろぞろと出て行く。

「いよいよ、阿片を拝めるというわけか」

塚原は舌なめずりをした。

ついで真中を向き、

「そういえば、真中どの、貴殿も辰五郎が荷が届くと言ってからここを出て行ったな。何処へ行ったのだ」

「外の空気を吸いに行ったのだ」

「ほう、そうか。空気を吸っただけではなく、人とも会っておったな。確か、ここに迷い込んだ娘の絵を描くと申しておった。聞いたこともない絵師であったぞ」

春風が聞いたら怒るぞと、真中は内心で呟いた。

「へえ、真中さんも何処かの犬ですかい」

辰五郎がねめつけてきた。

「そう言う、塚原どのはどうなのだ」

真中が返すと、

「犬のわけがなかろう」

即座に塚原は否定し、

「辰五郎、こ奴を始末しろ」

辰五郎は子分たちをけしかけた。

子分たちが匕首を抜くと、大八車が引かれて来た。辰五郎と塚原の目が大八車に向けられた。

辰五郎は大八車に載せられた木箱の蓋を開けた。米ではない茶色の粉が詰められている。今度こそ阿片である。

真中は後ずさり、刀を抜き放った。

「権次郎、何人か連れて裏手に回れ。こいつの仲間がいるかもしれねえ」

辰五郎に命じられ、権次郎は三人の子分を連れ井戸へ向かった。

黒ずくめの忍び装束に身を包み、外記は井戸の陰に潜んでいた。北町奉行所の捕方が撤収すると、ゆっくりと歩き出した。

この後に運び込まれるであろう阿片の摘発に備え、戦闘態勢に入る。

と、数人の子分たちが走って来た。

右の掌を広げ前方に突き出す。左手は腰に添えた。

小刻みに息を吸い、吐くことを外記は繰り返す。全身を血が駆け巡って外記の顔は紅潮し、双眸が鋭い輝きを放った。

子分たちはぎょっとして立ち尽くしたが、じきに匕首を抜いて殺到して来た。

外記は右手を押すように突き出し、

「でやあ！」

腹の底から大音声を発した。

夜更けにもかかわらず、陽炎が立ち上り、子分たちが揺らめくや、

「うおー！」

相撲取りに突っ張りを食わされたように権次郎が後方に吹き飛んだ。

「でやあ！」

もう一度外記は三人に向かって右手を突き出す。三人は吹き飛び、草むらに転がった。

菅沼流気送術、菅沼家に伝わる秘術である。

呼吸を繰り返し、気を丹田に集め満ちたところで一気に吐き出す。気送術を受けた者は見えない力によって突き飛ばされ、中には失神する者もいる。

菅沼家の嫡男は元服の日より、気送術習得の修業を始める。当主について日々、呼吸法、気功法の鍛錬を受け、時に一ヵ月の断食、三ヵ月の山籠りなどを経て五年以内に術を会得しなければならない。会得できぬ者は当主の資格を失い、部屋住みとされた。

外記は三十歳の頃には菅沼家始まって以来の達人の域に達していた。

四人が昏倒しているのを確かめ、外記は走り出した。

真中は群がる敵に斬り込んだ。

長脇差や匕首を手に子分たちは真中に殺到する。無数の刃にも慌てることなく真中は刀の峰を返した。

腰を落とし、敵を待ち構える。

匕首を手にやくざ者が突っ込んで来た。真中は微動だにせず、やくざ者の手首を峰で打ち据えた。

続いて殺到する三人の胴、額、肩を打った。やくざ者は草むらにのたうつ。

敵がいなくなったところで真中は刀を鞘に納めた。

そこへ、そっと背後から辰五郎が忍び寄った。足音を消し、真中の背後に立つと長脇差を振りかぶった。

「でやあ！」

外記の甲走った声が響いた。

辰五郎は長脇差を振り上げたまま、巨人に殴られたように後方に吹き飛んだ。

はっと振り返った真中に外記が歩み寄った。

「なんだ、今の術は……」

塚原は呆然と外記を見た。黒装束に身を包んだ謎の男にしばし気を取られたが、辰五郎が逃げようとするのに気づいた。

真中が追いかけようとしたが、

「おれが捕まえる。おれは南町の御奉行鳥居甲斐守さまの密命を受けた者だ」

いち早く、塚原は辰五郎を追いかけた。

辰五郎は井戸に向かって逃げて行った。塚原が追う。井戸の側で追いつき、

「辰五郎、真中にしてやられたな」

「参りましたぜ。でもね、また、阿片を仕入れればいいんでさあ」

「何処から仕入れておるのだ」

「そいつは、言えませんや」

辰五郎が首を左右に振ると、

「申せ」

鋭い声を発し、塚原は刀の切っ先を辰五郎の首筋に向けた。

「何処から仕入れようと、そんなことはいいじゃござんせんか。塚原さんとは関係ないでしょう。用心棒代、弾みますから」

おどおどしながら辰五郎は答えたが、

「駄目だ。吐け。吐かぬと奉行所で拷問にかけるぞ」

「ええ……それじゃあ、塚原さんも犬」

「南町の鳥居さまから命を受けての探索だ」

「妖怪奉行さまの」

「観念して、白状しろ。そうすれば、わしから鳥居さまに取り成してやる」

鳥居への取り成しなどできる身分ではないし、あの鳥居が辰五郎を許すはずはないのだが、そんな素振りは微塵も見せず塚原は言った。

「わかりましたよ」

観念したように辰五郎は二度、三度首肯した。塚原は切っ先を首筋から外した。

と、辰五郎は踵を返すや井戸に向かって走り出した。

「おのれ！」

憤怒の形相で塚原は追いすがり、刀を振り下ろした。辰五郎の肩から血が飛び散った。

どこから阿片を調達し、いかにして浦賀奉行所や船手頭の目を掻い潜って江戸に運び込んでいるのか、白状させるまでは殺してはならないというのが鳥居の厳命だ。

このため手加減をした。

致命傷ではないはずだ。

しかし、辰五郎はよろけると前のめりになり、井戸に倒れむや真っ逆さまに落ちていった。

「しまった」

慌てて塚原は駆け寄った。

月明かりにほの白く照らされた井戸の底に、辰五郎は横たわっていた。首や手足がいびつに折れ曲がっている。確かめるまでもなく、息絶えていることは確かだ。

塚原は唇を噛み、虫の死骸のような辰五郎を見下ろし続けた。

酷薄（こくはく）な鳥居の顔が脳裏に浮かんで全身に鳥肌が立った。

「いや、あの唐人娘がいる」

清国からやって来た唐人娘、廃寺を探っていたことからして阿片流入に関わっているに違いない。唐人娘のネタを手土産にすれば、辰五郎を死なせた失態を挽回できる。

鳥居への恐怖心で曇った脳裏に、ホンファの顔が浮かんだ。

第三話　出過ぎた杭

一

二月九日の昼下がり、南町奉行所、奉行役宅の書院で、

「塚原、見事な働きであったな」

鳥居耀蔵は塚原茂平次にねぎらいの言葉を投げかけた。塚原は深々と頭を垂れたが、額に脂汗(あぶらあせ)を滲ませている。伊予の辰五郎が営んでいた阿片窟を潰(つぶ)すことはできたが、阿片流入の道筋を摑むことはできなかった。辰五郎を殺してしまったことが悔やんでも悔やみ切れない。

「大番頭まで務める大身旗本谷口家も改易(かいえき)じゃ。名門の名に胡坐をかき、何をやっても許されるという驕(おご)りが招いた破滅よ」

鳥居はうれしそうだ。

ひとしきり谷口家を罵倒(ばとう)してから、

「それで、辰五郎めは何処から阿片を入手しておったのだ」

「それは……」

「なんじゃ、わからぬのか」

一瞬にして鳥居は不機嫌になった。

「いえ……その……おそらくは、辰五郎は海賊行為をしておりました経験から、手下どもが清国に渡り、手に入れて来たのではないかと考えます」

額から汗を滴らせ、塚原は答えた。

「まことそのように思うか」

鳥居は目を凝らした。

「はい……」

苦しげに塚原は返事をした。

「なるほど、辰五郎一味は瀬戸の海で海賊行為を働いておったと聞き及ぶ。船を操ることは巧みであったであろう。じゃがな、何度も申すように、江戸湾の手前では浦賀奉行所が荷改めを強化し、江戸湾に入ってからは船手頭も入船を警戒し始めたのじゃ。よって、辰五郎一味は清国から浦賀の手前までは阿片を運んでも来られよう。肝心なのはそれから先じゃ。浦賀からいかにして江戸に運んでおったのじゃ」

実際、このところ、イギリスやロシアの船が日本の近海を侵（おか）していることから、浦賀奉行所は江戸湾に入る船の警戒を怠（おこた）ってはいない。船手頭向井将監も幕府の船や運航の管理に加えて荷改めを行っている。

「その警戒を掻い潜って、江戸に阿片を持ち込むことなどできるものかな。いくら、辰五郎どもが操船に長けた者たちでも、そう、やすやすとは運び込めぬと思うぞ」

鳥居の目は暗く淀んだ。

「何か巧妙な手口で浦賀奉行所や船手頭の目をくらましたのだと思います」

声を励まし塚原が答えると、

「それを確かめる前に、おまえは辰五郎を殺してしまった」

鳥居の口調は次第に不穏さを帯びてゆく。

「申し訳ございません」

塚原は両手をついた。

「死人に口なしじゃ。せめて、阿片窟を潰しただけでもよしとせねばならんが、江戸への阿片の流入の道筋を摑み、それを摘発しない限りは阿片窟を根絶やしにはできん」

それは自分に言い聞かせているようでもあった。

「御意にございます」

塚原は賛同するのが精一杯である。

「しかと、阿片流入の道筋を見つけ出せ。よいな」

鳥居は念押しをした。

ほっとした。これ以上の追及はないようだ。

畏(かしこ)まってから、

「ところで、辰五郎一味を捕縛した際に、妙な男がおりました」

「妙な男だと」

「拙者と同じく辰五郎の用心棒をしておった男、真中と申す浪人と懇意にしておるようでした。辰五郎たちを捕縛する際、乱戦となったのですが、その男、奇妙な術を使いおったのです」

「妖術(ようじゅつ)でも使ったのか」

鳥居はあざけるような笑みを漏らした。

塚原は真剣な眼差しを鳥居に向け、

「手を翳(かざ)しただけで、相手が吹っ飛んだのです」

「なんじゃと」

鳥居の目が尖った。

塚原は広げた右手を突き出し、真似て見せた。

「こうやるだけで、相手は突き飛ばされたように吹き飛んだのでございます。このような妖術、見たこともございません」

塚原は好奇心丸出しの顔で訴えかけた。

「妖術……まさか」

鳥居は声を潜めた。

「何かお心当たりがあるのでしょうか」

「いや、そんなはずはない」

短く答え、鳥居は首を左右に振った。

妙な男についてそれ以上は言及しない鳥居に、取って置きの情報を塚原は報告した。

「それと、妙な娘が廃寺に紛れ込んでまいりました。娘は迷い込んだと申しましたが、廃寺を探っておるようでした。その時は思い出せなかったのですが、わたしが長崎で見た見世物芸人、陶文展一座に加わっていた娘に相違ございません。陶文展一座はその名の通り、唐人を装った一座ですが、その娘はたどたどしい言葉遣いからしてまことの唐人と思われます。清国から渡って来た娘、廃寺を探っておったことを考え合わせますと、陶文展一座が阿片流入に関係しておるのではないかと推察致します」

「よし、長崎奉行所に使いを立て、その一座を調べさせる。その娘は一人で江戸にやって来たのか」

「一座はただ今は浅草奥山で興行を打っておるのでございます」

「それを早く申せ」

鳥居の目が光った。

「連日、盛況だとか」

「そうか、辰五郎一味から長崎で阿片を受け取り、江戸まで運んで来たのかもしれぬな。よし、南町の同心に一座を摘発させる。塚原、でかしたぞ」

珍しく上機嫌となって鳥居は塚原に金子を与えた。

塚原は押し頂くようにして受け取ると座敷を立ち去った。


その後、鳥居は登城すると、老中用部屋に水野忠邦を訪ねた。

「阿片窟を潰しましてございます」

辰五郎の阿片窟を潰した経緯を報告した。水野は切れ長の目を向けてきて、

「して、阿片流入の道筋はわかったのか」

「いえ、それが、辰五郎は死んでしまいまして、まだでございます。捕らえし子分どもは

小伝馬町の牢屋敷に入れておりますので、その者どもの口を割らせようと思います」

「要するに抜かったということか」

水野は鼻で笑った。

「阿片流入の道筋は見当がつきました。しかと探索を致します。それと、一つ気にかかることがございます」

鳥居は声を潜めた。

水野は冷ややかな目で、

「何じゃ」

「菅沼外記、生きておるやもしれません」

「菅沼外記が……」

水野は目をしばたたいた。

「菅沼外記が使う忍びの術……手を触れることなく相手を吹き飛ばすという術を使った者がおったのです」

「おお、あの術か。わしも一度だけだが目にした。今も鮮やかに覚えておる。まさしく、妖術の如きであったが、まさか、菅沼外記が生きておると申すか」

「わが手の者が辰五郎の阿片窟を摘発した際、その場に居合わせたそうでございます。菅沼外記とは断定できませんが、外記と同じ妖術を使ったのは間違いないことでございます」

「その妖術使いが菅沼外記として、何故辰五郎の阿片窟を探っておったのだ」

「わかりません。御庭番の職を失い、阿片で儲けようとしたのかもしれません」

「そんなことはしまい」

否定してから水野は思案をした。

「その術を使ったのが、菅沼外記だと決まったわけではございませんが、どうにも気がかりです」

「菅沼外記の生死も確かめよ。まあ、奴が生きておろうと、何程のこともないがな」

「御意にございます」

勢いよく鳥居は答えた。

「菅沼外記のことより、海防の計画書、いかになった」

突如として水野は話題を変えた。

「目下、作成中でございます」

鳥居は目を伏せた。

「江川太郎左衛門は既に提出しておるぞ」

「は、はあ」

「江川の案は中々によく出来ておる。江戸湾に人工の島を造り、そこに砲台を備える。その場所も的確であるぞ」

鳥居の競争心を煽るかのように水野は江川の計画書を持ち上げた。

「負けぬ案を作ります」

鳥居は腹から声を絞り出した。

「江川の案を上回る案を作らねばならぬぞ。軍略上はもちろん費用面においても優れた案をな。そなた、かつて江戸湾の測量では江川に後(おく)れを取ったこと忘れてはおるまいな」

「あの時の屈辱、しかとこの胸に刻んでおります。江戸湾測量の雪辱(せつじょく)を必ずや果たします」

突き出たおでこを光らせ、鳥居は答えた。

「海防の計画書は任せた。そもそも阿片が江戸に流入してくるということは、エゲレスの脅威が迫っているということだ。清国に阿片を蔓延させてから、エゲレスは清国との戦に及んだ。阿片をいわば尖兵としたのだ。日本を侵させぬため、何としても阿片は食い止めねばならん。しかと、心得よ」

「承知致しました」

鳥居は声を励ます。

「うむ。そなたを、遠山よりも上に遇すにふさわしい働きをせよ」

水野は言った。

そこへ茶坊主が江川太郎左衛門がやって来たことを告げた。

「では、これにて」

鳥居は辞去しようとしたが、

「構わぬ、おれ」

水野は命じた。

程なくして江川がやって来た。

江川は鳥居を見ると軽く会釈をしたが、鳥居はそっぽを向いて無視をした。

「江川、その方の海防案、中々によく出来ておる」

水野が誉めると、

「畏れ入ります」

「あの海防案が実現できれば、エゲレスであろうとオロシャであろうと、外国船の侵入は防げるものと、自信はあるか」

「わたし一人では無理です」

迷うことなく江川は答えた。

「ほう、どういう意味じゃ」

水野が問いかけると鳥居のこめかみが微妙に震えた。

「今こそ英知の結集が必要でございます。小伝馬町の牢屋敷に投獄されておる、蘭学者を解き放ち、海防について知恵を出させ、働かせるべきでございます」

途端に鳥居の形相が変わった。

「江川どの、罪人に意見を求める気か」

江川は鳥居に向き、

「罪人である以前にあの方々は優れた学者です。あの方々を牢獄に繋いだままでは日本国の損失だと存じます」

江川が語り終えないうちに、

「馬鹿なことを申すな！」

頭から湯気を立てんばかりに鳥居はいきり立った。

「馬鹿なこととは思いませんぞ」

動ずることなく江川は返す。少しも乱れのない態度が更なる鳥居の怒りを掻きたてた。

「わしのことを非難するか」

さすがに脇差の柄(つか)に手を伸ばすことはないが、鳥居は腰を浮かして声を荒らげた。

蘭学者たちによって組織された尚歯会は三年前の天保十年(一八三九)、目付であった鳥居耀蔵によって弾圧を受け解散させられた。世に言う、「蛮社の獄」である。

鳥居にすれば、手柄と思っている尚歯会の弾圧をけなされたような気分なのだろう。

「鳥居どのを非難するつもりはござらん」

江川は鳥居から水野に向き直った。

「よくもぬけぬけと」

鳥居は目をむいた。

水野は鼻白(はなじろ)み、

「やめよ」

割って入ったため、鳥居は鉾(ほこ)を収めた。


目を吊り上げ、鳥居は南町奉行所の奉行役宅に戻った。鳥居が不愉快なことが藤岡には一目でわかり、目を合わせないようにした。

居間に入ると、乱暴な所作で座り、塚原を呼ぶよう命じた。

藤岡はそそくさと出て行った。

入れ替わるようにして塚原が入って来た。

「陶文展一座、探ったのか」

いきなり鳥居は不機嫌な声で問いかけた。

「一座は、南町の同心に摘発させるとおおせでしたが……」

困惑して返すと、

「おお、そうであったな」

自分の間違いに気づき、鳥居は口ごもった。

それでも怒りを塚原にぶつけると少しは気が晴れたようで鳥居は表情を落ち着かせ、

「江川め、江戸湾に人工島を造り、そこに砲台を置くなどという、いい加減な考えを掲げ、幕閣を籠絡（ろうらく）しておる。おまけに西洋かぶれときておってな」

「西洋かぶれでございますか」

塚原は反応した。

「いかにもどうしようもない西洋かぶれじゃ」

「許せませぬな」

「おまえもそう思うか」

「蘭学とか蘭方とか、そんな毛唐の学問をやるような者にろくなものはおりません。わたしは長崎で毛唐どもと接しましたゆえ、あ奴らのことはよくわかっております。戦国の世にあってはバテレン教の教えを広める名目で日本を侵そうとし、今は阿片を以(も)って日本を奪おうとしておるのです。戦国の世のポルトガルやスペインと違ってオランダやエゲレスはバテレン教を広めるつもりはないなどと申しておるようですが、同じ毛唐であることに違いはなし。阿片を使う分、性質(たち)が悪いとも申せます」

塚原も西洋嫌いであることを知り、鳥居は頬を緩めた。

「江川め、西洋かぶれが過ぎ、先年に牢屋敷に送ってやった蘭学者どもを解き放てと要求しておる。江川をこのまま野放しにはできんぞ」

「御意」

塚原は身を乗り出した。

「ならば、江川を処罰できるようなネタを引っ張ってこい。ネタがなければでっち上げろ」

江川憎しの妄念(もうねん)に駆られた鳥居に向かって塚原は勢いよく頭を下げた。

「辰五郎の子分のうち、捕縛を逃れた者がおるようじゃ。その者どもは、南町の同心どもに行方を追わせておる。一人でも捕まえ、徹底して締めあげてやるわ」

鳥居は拳を握った。

二

外記はばつを連れ、相州屋重吉の扮装で浅草田圃にある観生寺を訪れた。

二月十日、桜には早いが梅は見頃を迎えていた。

観生寺の境内も白梅（はくばい）、紅梅（こうばい）が色づき、参詣を兼ねた見物客で賑わっている。奢侈禁止令の取り締まりが激化する中、参詣にこと寄せた梅見物なら咎（とが）められないだろうと庶民は楽しんでいるのだ。

観生寺の住職妙観（みょうかん）もそのあたりは心得ていて、弁当を広げ、梅見物に興じている者たちを歓迎している。寺社奉行管轄下の寺に、町奉行所の役人が取り締まりにやって来ることはなかった。

外記も梅を楽しむと同時に、本堂で行われている手習いを見守った。土産に人形焼（にんぎょうやき）を買ってある。

ばつを境内に残し、本堂の階の下で雪駄を脱いで足取りも軽やかに上った。濡れ縁に立ち手習いの様子を眺める。美佐江が子供たちの周りを歩きながら、やさしそうな視線を投げかけている。丸髷に結った髪を飾るのが、外記が贈った紅色の玉簪であるのがうれしい。

萌黄色の小袖に薄い朱色の袴が美佐江の凛々しさによく似合っていた。

外記は手習いの邪魔にならないよう、無言で人形焼を美佐江に手渡した。


時の鐘が七つを告げ、手習いが終わったところで、外記は子供たちのいなくなった本堂に足を踏み入れた。

「子供たちが元気ということはよいことですわ」

美佐江はわずかにほつれた髪を整えた。

「いつもながら、熱心なことですな」

「子供たちと接しますと、つい、力が入ってしまいます」

美佐江は言った。

外記がうなずいたところで、江川太郎左衛門がやって来た。外記と美佐江に挨拶をしてから、

「水野さまに会ってまいりました」

水野忠邦に会って海防の建策をした際に投獄された蘭学者たちの赦免を願い出たことを話した。

「江川さま、まこと、お気遣いありがとうございます」

喜んだのも束の間、美佐江の顔に影が差した。

「しかし、鳥居さまがお許しにはならないでしょう」

江川はうなずくと、

「確かに鳥居どのは不服を言い立てました。それこそ、頭から湯気を立てて怒りましたな」

「鳥居さまのこと、きっと全力で阻止することでしょう」

「海防は私怨を超えた国の問題です。しかと対処しないことには、国が滅びます」

信念を曲げず江川は主張した。

ここで外記が、

「しかし、鳥居さまは大変に執念深く、陰謀を巡らすことが巧みなお方と耳にします。蘭学者の方々を牢屋敷から解き放つことを許さないどころか、江川さまを陥れようとするのではないでしょうか」

外記の言葉に美佐江は危機感を抱いた。

「なに、鳥居どのがいかなる罠を仕掛けてこようが、心配には及びません」

江川はにっこり微笑んだ。

「江川さま、主人を思ってくださるのはありがたいのですが、江川さまのお身が心配です。

どうか、無理をなさらないでください」

「日本のためなのです。鳥居どのの目を恐れておってはなりません」

決して声高ではないが、江川の言葉には強い決意が感じられた。


塚原は江川をつけて来た。

尾行の起点は本所南割下水（みなみわりげすい）にある韮山代官所江戸屋敷だった。

江川が代官を務める韮山代官所は伊豆をはじめ、駿河、武蔵、相模、甲斐にまたがる天領を管理する役所である。地元である伊豆の韮山と江戸の本所南割下水に屋敷があった。伊豆の屋敷では伊豆、駿河を、江戸の屋敷では武蔵、相模、甲斐の管理を行っている。

江川は本所南割下水の韮山代官所江戸屋敷からわざわざ浅草までやって来て、観生寺という浄土宗の寺へと入って行った。境内には時節がら、梅見を楽しむ参拝者が見受けられるが、本所からわざわざ浅草まで梅を楽しみに訪れたわけではあるまい。

観生寺は梅の名所などではないのだ。

梅を愛（め）でる風を装い塚原は江川の動きを目で追った。本堂は子供たちの手習い所になっている。江川は本堂の階を上がると、濡れ縁に出て来た手習いの女師匠と親しげに語らい始めた。女師匠の横に、商家の隠居風の男もいる。

と、あの隠居……

何処かで会ったような……

しかし、何処で会ったのかは思い出せない。紅梅の木陰に身を潜め三人の様子を窺う。

江川は女師匠とは親しそうにやり取りしているが、隠居とは挨拶程度で済ませた。

となると、江川がこの寺にやって来た目的はあの女だ。

多忙であろう江川がわざわざ訪ねて来たということは、よほど懇意にしているに違いない。

ひょっとして深い仲なのか。

だとすれば、清貧、潔癖、私利私欲を捨てた聖人という江川の評判を貶（おとし）められるかもしれない。醜聞（しゅうぶん）めいたネタを摑むとするか。江川が江戸で愛人を囲っていると知れば、鳥居は喜ぶだろう。

手習いの子供の母親らしき大年増（おおどしま）が女師匠に向かってにこやかに挨拶をした。本堂を離れたところで塚原は女に声をかけた。

「すまぬが、ちとものを尋ねたい」

できるだけ柔和な顔を作った。

それでも、見知らぬ浪人に声をかけられ、女は警戒心を呼び起こしたようで目元が引き締まった。

「濡れ縁におられる女性は、この手習い所の師匠であるな」

「はい、そうでございますが、お侍さま……何か、御用でございますか」

「この界隈に越してまいったのだがな、娘を入門させる寺子屋を探しておるのだ」

「こちらは、町人ばかりでございます。お侍さまのお嬢さまなどが習う所ではないと……」

女は警戒している。

塚原は小さくため息を吐き、

「侍と申しても、見ての通りの尾羽うち枯らした浪人でな、この後は町人たちと交わり市井で暮らしを立ててゆかねばならん。日雇い仕事、傘張り、何でもやるつもりだが、そうなると娘をかまってやれぬ。あいにく、家内を亡くしたゆえ娘に読み書きを教えてくれる寺子屋を探しておるのだ」

「まあ、奥さまを……」

女の顔に同情の色が浮かんだ。

「弱り目に祟り目、浪人となった途端に重い病にかかってな……、満足に医者にも診せてやれなんだ」

「それはお気の毒に……」

「すまぬ。湿っぽい話を聞かせてしまったな。それで、あの師匠、たしかであるのかな」

「間違いありませんよ。この界隈じゃ、美佐江先生より評判のよい寺子屋のお師匠さんはいらっしゃいません」

女は表情を和ませ太鼓判を押した。

「女の身で寺子屋の師匠とは珍しいが、ご主人は何をなさっているのかな」

さりげない様子で聞くと、

「ご主人は……」

「いかがした」

塚原は首を傾げた。

「とってもご立派な学者の先生でいらしたんですよ。ですけどね、小伝馬町の牢屋敷に入れられてしまって」

「ほう、そうなのか。何かしでかしたのか。いや、何しろ、一人娘、妻の忘れ形見を入門させるのだ。差し支えない程度に美佐江先生のご主人について聞かせてくれ。ご主人が牢屋敷に入れられておることは、子供たちの親はみな存じておるのであろう」

「はい、知っております」

「人に乱暴をしたのか」

「いいえ、俊洋先生は、あ、いえ、美佐江先生のご主人ですけど、俊洋先生はそれはもうお優しい方でした。子供たちが悪戯をしても決して大きな声を出さずに、にこにこと諭すように叱っておられたくらいですから」

「そんな仏のような俊洋先生が何故、牢屋敷に入れられたのだ」

「三年か四年前、蘭学者の偉い先生方が一斉に小伝馬町の牢屋敷に送られたことがありましたでしょう。ご禁制の海外渡航を企てておいでだったとかで」

女の言葉に塚原の心臓は高鳴った。

俊洋……

山口俊洋だ。高野長英、渡辺崋山らの尚歯会に属していた若手気鋭の蘭学者と評判だった。

そうか、そういうことか。

江川は尚歯会の者たちとも親しく交わっていた。江川が投獄されなかったのは、江川の知識を高く評価する水野忠邦が庇ったからだと噂されたものだ。江川は高野や渡辺らと共に山口俊洋とも親交を深めていたに違いない。多忙な中、わざわざ俊洋の妻を訪ねるとは江川と俊洋の親密な関係を窺わせる。

これはよき手土産だ。

鳥居は大喜びするに違いない。江川は今もって尚歯会の残党と交わっているのだ。してやったりという思いを胸に閉じ込め塚原は問いかけを続けた。

「すると、ご主人は蘭学者なのだな」

「立派な先生でしたよ。それなのに、獄に繋がれるなんて」

「そうであったのか。それは、美佐江先生も苦労されておられるのだな」

声の調子を落とし、塚原は美佐江に同情する素振りを示した。女はため息を吐いた。

ここで塚原は、ふと外記に視線を向けた。

「あのご隠居はどのような御仁だ」

「さあ、このところお見かけしますね。子供たちに人形焼を買ってきてくれる、心優しいお方ですよ。何処かの大店のご隠居さんのようです。子供たちは人形焼のご隠居さまと呼んで、よくなついていますよ」

「いや、すまなかったな。とてもよい手習い所のようだ」

塚原は礼を言って女と別れた。

江川太郎左衛門の隙を見つけた。

それにしても、あの隠居、何かひっかかる。

今度は隠居の様子に注意を向けようと濡れ縁を見上げたが姿がない。ちょっと目を離した隙に、帰ったようだ。

不気味な男だ。

外記は庭の紅梅の木陰でこちらの様子を見ている浪人に気がついた。

辰五郎の阿片窟に用心棒として潜り込んでいた男、名は確か塚原茂平次、鳥居耀蔵の密偵である。

鳥居め、案の定、江川太郎左衛門を陥れようとしているな。

どこまでも陰険な男だ。

鳥居の手から何としても江川と美佐江を守らなければならないと、外記は固く決意した。

その日の晩、塚原は勇んで鳥居に面談を求めた。南町奉行所の奉行役宅の書院で鳥居は塚原を引見した。

はやる気持ちを抑えながら塚原は、江川が山口俊洋の妻を訪ねたことを報告した。

「それは面白いな」

鳥居の顔から笑みがこぼれた。

いつも仏頂面の鳥居が見せた珍しい笑顔だが、塚原の目には柔和さは感じられず、却って不気味さが際立った。

それでも塚原は鳥居に合わせて笑顔を取り繕った。

鳥居は笑顔を引っ込め、

「して、その方、江川を陥れるに、どのような絵図を描いておる」

「それは……これより、練りたいと存じます」

鳥居が欲する格好のネタを提供したという得意な気分が一瞬にして吹き飛んだ。

「愚か者めが。それでは子供の使いではないか。もっと、頭を使え」

鳥居の叱責が飛んだ。

額に汗を滲ませ、塚原は両手をついた。

「江川を滅ぼす手立てを考えよ。江川をこの世から抹殺する方策じゃ」

鳥居はくどいくらいに繰り返した。

塚原は面を伏せ、思案を始めた。

「江川を陥れることができたなら、そなたを召し抱える。よいな」

鞭と同時に鳥居は飴も投げ与えた。

三

昼近く、義助は魚河岸に顔を出した。

長太は木場の材木問屋米太郎が阿片を吸引していることを知り、奉行所に訴え出ようとしたため、殺されたことが明らかになった。直接手をかけたのはやくざ者らしいが、特定はできていない。伊予の辰五郎の手下である可能性が高いものの、米太郎も殺されたとあって、辰五郎は捕縛されなかった。しかし、長太殺しではお縄にならなかったものの、長太が命を張って訴えようとした阿片を売りさばいていた罪は明らかとなり、捕物の最中、命を落とした。

長太の死が無駄にならなかったのがせめてもの慰め（なぐさめ）である。

お杉は身籠っているのが男の子で、いつか長太のような真っ正直な、そして魚が大好きな棒手振りに成ることを夢見て頑張っている。棒手振りたちも長太の死を改めて悲しみ、香典（こうでん）を募って義助に渡した。

義助はお杉に金一封を届けてきたところである。

朝の喧騒が静まり、落ち着いた雰囲気の中、三笠屋甲子太郎が数人の男たちに囲まれている。男たちは魚河岸に届く魚を荷揚げする人足だ。
「魚河岸の秩序を乱すんじゃありやせんよ」
「三笠屋さんのやり方ってのにね、他の問屋の旦那方が迷惑なすっているんですよ」
人足たちは甲子太郎を責め立てる。

日本橋の魚河岸は徳川家康の招きで摂津佃村からやって来た漁師たちによって開かれた。佃村の名主森孫右衛門は江戸近海で獲れた魚を江戸城に納魚し、余った魚を市中で売り始めた。その後、息子の九左衛門が日本橋の近くで魚問屋を営み、それ以降摂津から魚商人がやって来て魚河岸を形成していったのである。

開設当初は摂津出身の魚問屋たちで運営されていたのだが、元和二年（一六一六）、大和出身の大和屋助五郎という新興の魚問屋が進出した。助五郎は鯛の大規模な養殖に成功し、江戸城への鯛の納魚を一手に引き受け莫大な富を得た。

以降、佃屋をはじめとする摂津系の魚問屋と大和屋の間で江戸城への納魚を巡って争いが起きる。争いが頂点に達したのは大和屋三代目助五郎の時であった。大和屋は初代以来、鯛を納魚する活鯛御用人と納魚請負人を担っていたのだが、三代目助五郎は寛保三年（一七四三）、摂津系の魚問屋伏見屋作兵衛が務めていた江戸城御用聞商人をも任され、江戸城への納魚を独占するに至った。

事実上魚河岸を代表する魚問屋となった大和屋に摂津系の魚問屋が大いに反発した。延享三年（一七四六）、大和屋が問屋からの仕入れ代金を滞納していると町奉行所に訴え、これを契機に大和屋への様々な妨害、嫌がらせを行い、大和屋を魚河岸から追い出してしまった。

魚河岸はあくまで私設の市場であるが、御城への納魚が何よりも優先される。大和屋という巨大な魚問屋がなくなり、納魚に混乱が生じるようになった。魚問屋としても御公儀御用達となることは誉には違いないのだが、本途値段と呼ばれる納魚の代金が市価の十分の一という過酷さで、商いを考えれば喜んでばかりもいられない。

時代を経て幕府は魚河岸への助成措置として拝領地を与え、買値を市価の六分の一にまで引き上げた。それでも納魚を嫌がる魚問屋は後を絶たず、三軒ずつが月番で交代に担うようになったのだが、注文した魚とは違う魚が届けられたり、数が不足したりという不具合が生じるようになった。

そこで寛政四年（一七九二）、時の老中松平定信によって魚納屋役所が江戸橋の袂に設けられた。役人を置き、強制的に魚を取り上げるようにしたのである。役人は横暴を極め、多くの問屋、仲買、棒手振りが泣かされた。何しろ、魚河岸を練り歩き目についた魚を、売り先が決まっていようが安価な値で奪い取ってしまうのだ。

困り果てた問屋が幕府に強く抗議した結果出来たのが魚納屋役所と魚河岸の間を取り次ぐ建継所であった。文化十一年（一八一四）のことである。建継所に問屋が魚を仕入れる際に仕入れ値の百分の一を積み立てておき、御城への納魚によって発生する赤字を補塡しようとした。ところが、今度は建継所に詰める行事たちが専横を極めた。袖の下を要求したり、魚を横流ししたりしたのだ。

魚問屋たちの不満は募り、暴動が起きた。この結果、建継所は廃止され、魚納屋役所のみが残された。

このように日本橋の魚河岸は、摂津系の老舗問屋と新興問屋の争いと共に、魚河岸を管理しようとする幕府の抑圧とそれへの抵抗の歴史を持つのであった。

甲子太郎を囲む人足たちは、摂津系の老舗問屋たちに甲子太郎を脅すよう言われたのか、魚問屋たちの機嫌を取ろうという自分たちの意思なのかはともかく、甲子太郎が魚河岸にあって煙たい存在だと責め立てていた。

百年近く昔、魚河岸から追い出された大和屋と同じ運命を甲子太郎も辿らねばいいがと義助は心配した。

「そんなこと、おっしゃられましても、あたしは、懸命に商いをやっているだけですよ」

動ずることなく甲子太郎は言い返す。言うことを聞かない甲子太郎に男たちは目を剝いて迫る。

「あんた、魚河岸の中で浮いているんだよ」

「それはありがたい言葉ですよ。数多の魚問屋の中で目立っているということですからね」

甲子太郎は胸を張ってみせた。

一人の男が唾を吐き、

「けっ、その態度がいけないんだよ。そんな態度じゃ、仲間はずれにされるよ」

「では、あたしはこれで失礼しますよ」

甲子太郎は立ちはだかる男たちの隙間をこじ開けて立ち去ろうとした。その腕を一人が摑んで凄んだ。

「待ちなよ、話は済んじゃいねえんだ」

「これ以上、話したって無駄というものですよ」

甲子太郎が言い返すと男たちは殴りかかった。甲子太郎の頰を拳が打ち、甲子太郎はよろめいた。すると、別の男が背後から突き飛ばす。地べたを転がった甲子太郎を男たちが足蹴にし始めた。

側に立つ男が甲子太郎をなじった。

「おめえはな、恵比寿屋さんに拾われて、魚の商いを教わったんだ。それが、なんだ、恩を忘れて、恵比寿屋さんの客をかっさらって独立しやがった。犬畜生にも劣る野郎だぜ」

甲子太郎はひたすら耐えている。

外記より、市中での喧嘩沙汰は厳しく戒められている。が、もう我慢できない。

義助は天秤棒を摑み駆け寄ると、男たちの背中を殴った。

男たちは一斉に義助を見た。

「てめえら、寄ってたかって何だ」

目をかっと見開き、義助は天秤棒を鑓のように振り回した。騒ぎを聞きつけた棒手振りたちがやって来た。

「野郎、覚えてやがれ」

捨て台詞と共に男たちは立ち去って行った。義助は地べたに転がる甲子太郎に手を貸した。差し伸べられた手を甲子太郎はやんわりと断って立ち上がると、着物に付着した泥を払いながら、

「義助さん、ありがとうね」

唇が切れ、血が滲んでいるが、甲子太郎は大丈夫だと強がった。

「本小田原町の魚問屋の旦那衆の風当たり、相当にきついですね」

摂津系の老舗問屋は本小田原町に軒を連ねる。

魚河岸は四つの町に分かれていた。本小田原町組、本船町（ほんふなちょう）組、本船町横店（よこだな）組、安針町（あんじんちょう）組の四つで、四組問屋と称され、本小田原町組が最も発言権を持っている。本船町組は大きな問屋が多く、本船町横店組と安針町組は中小や新興の魚問屋が軒を連ねていた。三笠屋も安針町に店を構えている。

義助の心配を、

「そのようですね」

甲子太郎は気にかけていないようだ。

「三笠屋さん、旦那衆と話をなさったらいかがですか」

「話しても無駄ですよ。旦那衆は、あたしのやり方が気に食わないのですからね。決して認めようとなんてなさらない」

呟くように言ってから甲子太郎はふと、

「そうだ、昼飯でも食べませんか。おごりますよ」

義助を誘った。

「なら、ごちになりますよ」

　義助は甲子太郎について行った。

　甲子太郎は魚河岸近くの一膳飯屋に入った。

　魚河岸らしい、威勢のいい「いらっしゃい」の声を聞くと、義助の腹の虫が鳴った。

「漬けを頂戴な」

　注文してから、甲子太郎は義助にそれでいいですねと確認してきた。義助に異存はない。

　待つこともなく鮪の漬けと大盛りの飯、豆腐の味噌汁が運ばれてきた。醤油に漬けられ黒光りする鮪は見た目はよくない。

「あたしはね、こいつが大好きなんだ」

　うつむき加減に甲子太郎は言った。

　この時代、白魚や鯛、鯉が上魚とされているのに対し、鮪は下魚とみなされ、口のおごった江戸っ子からは馬鹿にされている。甲子太郎は魚問屋を営む自分が鮪を好むことに恥じらいがあるようだ。義助も商ったことはなく、食べたこともない。

「鮪、もっと、売れると思うんだ」

　言いながら甲子太郎は飯をかき込んだ。義助も漬けの切り身を飯の上に載せる。

　真っ白い飯に鮪の黒さが映えているが、決して食欲はそそらない。それでも、甲子太郎の手前、食べないわけにはいかず、おそるおそる一口食べてみた。

口中で嚙むや、

「美味い」

という言葉は自然と発せられた。

まず、醬油が鮪の生臭さを消している。鮪の身はしっかりと嚙み応えがあり、醬油の辛さが甘みを引き出していた。一切れだけでも、濃厚な味が口中に広がり、温かい飯と絶妙に合っている。

これなら、飯は進むし、酒の肴にももってこいだ。

「そうでしょう」

わが意を得たりとばかりに甲子太郎が微笑みかけてきた。

「鮪はやっぱりもっと食されなきゃいけませんや」

甲子太郎の言葉に心底からうなずいた。

言葉を交わすなどもどかしく、二人はもくもくと鮪の漬けを食べ、飯をかき込んだ。

食べ終え、茶を飲むと義助の口から満足のため息が漏れた。

腹が満たされると不安が鎌首をもたげてきた。

「三笠屋さん、この上、鮪なんか商ったらもっともっと嫌がらせを受けますよ」

義助が心配する、

「覚悟の上ですよ。あたしは魚河岸で生きてゆくんです。偉そうなことを言いますとね、あたしの手で魚河岸を変えてやろうって思っているんですよ。東照大権現(とうしょうだいごんげん)さまの昔から変わらない、なんて商いをしていちゃ駄目です」

甲子太郎の目元が引き締まった。

甲子太郎の情熱は見上げたものだ。だが、江戸に幕府が開かれて以来、連綿と続く日本橋魚河岸の伝統、商いの手法、それらを担ってきた本小田原町の老舗問屋たちの力は絶大だ。一人、立ち向かう甲子太郎を危(あや)ぶまずにはいられない。義助の心中を察したのか甲子太郎は続けた。

「あたしは間違ったことはしていない。新鮮な魚を安く卸す、それが魚問屋の正しいあり方だって思ってます。新鮮で美味い魚をね、届けたいんだ……魚河岸じゃあ、下魚だって見下している魚の中にだって鮪みたいに美味いのがある。それに、料理次第で鯛や鯉にも負けない魚だってあるんだ」

甲子太郎の口調は熱を帯びた。

「おっしゃる通りですよ。あっしも三笠屋さんの考えには賛成です。棒手振りの立場からしちゃあ、三笠屋さんのような問屋の旦那方が増えりゃ、ありがたいです。でもね、あっしのような棒手振り風情が心配するのはおこがましいですがね、三笠屋さんの邪魔のされ方ってのは、見ていてはらはらしますぜ。ご自分のやり方を貫くってのは立派ですが、あんまり急ぐと無理が祟ります」

「心配してくれてありがとう。でも、大丈夫、命までとられやしないさ」

甲子太郎は胸を張った。

「命までいかずとも、二度と商いができない身体にされちまうかもしれませんや」

今日何度目かになる義助の忠告に、甲子太郎は苦笑を浮かべて茶を啜った。少しは聞き入れてくれる気になったのかと思い、義助は尋ねた。

「三笠屋さんが、本小田原町の旦那衆から目の敵にされているってのは、鯛の卸値ですよね」

「そのようだね。しかしね、それよりも、あたしは新参者ってことが大きいと思いますよ」

三笠屋は新興勢力である。出る杭は打たれるのだ。おまけに、先ほどの人足の一人が非難していたように、甲子太郎は恵比寿屋に奉公していたが昨年に独立している。暖簾分けではなく、主人喜兵衛(きへえ)と商いのやり方を巡って喧嘩をしたのが原因だった。恵比寿屋は老舗中の老舗、魚河岸創設以来の問屋である。徳川家康が摂津佃村から呼び寄せた漁師に連なるのだ。

「出る杭は打たれるってのはわかりますが、あっしら棒手振りも鯛の安さには首を捻っているんですよ」

思い切って尋ねてみた。甲子太郎は口を閉ざした。聞かれたくないことを問いかけてしまったのだろうかと危ぶむと、

「聞いちゃいけませんかね。それが商いの腕の見せ所ってもんですもんね」

「まあ、大っぴらにはして欲しくはないが、義助さんには世話になったからね、種明かしをしてあげるよ」

にんまりと甲子太郎は笑った。

「生簀(いけす)で飼っているんですよ。いつでも、必要なだけ鯛を届けることができるようにね」

「しかし、鯛は深い海の中で泳いでいるんですよね。浅瀬で飼うことなんかできますか」

「それがね、ちょいとした細工(さいく)をするんだよ」

甲子太郎は煙管(キセル)を取り出した。

「これが、竹だとしますよ。竹の先を鋭く尖らすんです」

煙管の雁首(がんくび)を指で撫でながら甲子太郎は義助を見る。

「竹槍(たけやり)のようなものですかい」

「槍ってほど長くなくてもいいんですが。先を尖らした竹で鯛の尾っぽから大体三寸（約九センチ）くらいの所をぶっ刺すんですよ」

「すると、どうなるんです」

「浅瀬でも泳いでいられるんです」

「どうしてですか」

「そこに鯛の浮き袋があるんです。浮き袋から空気を抜いて浅瀬でも泳いでいられるようにするというわけです。実際、そのやり方で大儲けしたのが大和屋助五郎ですよ」

「大和屋助五郎……本小田原町の旦那衆と競ったっていう……」

大和屋助五郎は寛永年間に大和国から魚河岸にやって来た。鯛の気胞を竹で突く方法で鯛の蓄養に成功した。駿河、伊豆の十八浦に活鯛の蓄養場を設け、各々の浦で二千尾もの鯛を蓄養した。蓄養した鯛は生簀を備えた大きな船で江戸に運び、江戸でも生簀を備えた屋敷で備蓄した。こうして、どのような緊急の鯛納魚にも対応でき、巨万の富を築いたのだった。

「わたしは三浦半島のある浦で鯛を養殖しています」

甲子太郎は説明を終えた。

すると新たな疑問が生じた。

「そんなにいい方法があるのに、どうして他の魚問屋はやらないんですか」

「老舗の魚問屋さんはそれぞれに持浦がありますからね。今から鯛を蓄養するとなりますと、持浦に相当なお金を出して蓄養場を設けなきゃなりません。蓄養場だけじゃなくて、江戸で生簀屋敷を見つけるのも大変ですよ。あたしは深川佐賀町に生簀屋敷を持っています」

　魚問屋は江戸湾に点在する漁村、すなわち浦と契約している。時に漁に必要な船や網を整えるための資金援助をすることで、魚問屋と浦とは深く結びついていた。契約をしていない浦から魚を仕入れることは御法度である。

「三笠屋さんは、ちゃんと準備をしていなさったんですね」

　感心することしきりだ。

　本小田原町の魚問屋が老舗の看板の上に胡坐をかいているとは言わないが、甲子太郎はちゃんと工夫を凝らし努力していたのだ。めったやたらと値段勝負をしていたわけではないのだ。

「旦那、がんばってくださいよ」

　思わず義助は言葉に力を込めた。

「あたしはね、本当に新鮮な魚を安く江戸の町々に届けたいんだ。それにはね、義助さんたちのような棒手振りのみなさんに助けてもらいたいんだ」

　甲子太郎は頭を下げた。

「旦那、そんな、あっしなんかに頭を下げないでくださいよ」

「いや、これからも頼みますよ」

「あっしゃ、すっかり三笠屋さんに惚れ込みましたぜ」

　思わず義助は腕捲りをした。

「よしておくれよ。あたしはそんな立派なもんじゃありません」

　強い口調で甲子太郎はかぶりを振った。

　棒手振りの血が騒いだ。新鮮な魚を安く提供する、これこそが魚売りの役目だ。

　義助は三笠屋甲子太郎への尊敬と摂津系の魚問屋たちに対する反感を募らせた。


　翌朝、義助は魚河岸には行かず、深川佐賀町まで足を延ばしてみた。甲子太郎の生簀屋敷というものを見てみたくなったのだ。

　生簀屋敷には堀が引き込まれ、大川から船を乗り入れることができる構造になっていた。

　生垣の隙間から中を覗く。大きな池があり、そこには大量の鯛が泳いでいる。三浦半島の沖で養殖した鯛をここまで運んで、生簀で飼っているのだ。

甲子太郎の話が本当だと確かめてから魚河岸に向かった。

老舗の魚問屋が軒を連ねる本小田原町を回る。押すな押すなの喧騒の中、問屋たちが路上で何事か話をしている。耳をそばだてると、何と恵比寿屋の主人喜兵衛が殺されたそうだ。早朝、店先で亡骸となって見つかったのだ。亡骸は刃物で心の臓を刺し貫かれていたという。

「きっと、甲子太郎の仕業だ」

「恵比寿屋さん、甲子太郎を見かけると、勝手な真似をするなって叱っていたもんな」

「甲子太郎の奴、恵比寿屋さんに散々、世話になりながら、裏切って出て行った挙句にとんだ安値で魚河岸を荒らした上、殺してしまったんだよ」

甲子太郎憎しの余りの疑いなのだろう。義助には甲子太郎が恩人たる喜兵衛を殺したなんて到底信じられない。

「それにしても、あいつのお蔭で、わしらも鯛の値を下げなきゃいけない」

「大奥も御城も鯛の値を下げろと、そりゃもう、きついお達しだよ」

「それにしても、三笠屋、馬鹿に安く卸すもんだね。わたしたちが仕入れている浦を横取りしているんじゃないか」

「あいつ、今のうちに赤字覚悟で安く卸して、上得意を増やすだけ増やすつもりだよ。で、その後に、好き放題な値で売りさばこうって魂胆なんじゃないのかね」

不穏な空気が漂い始めた。

四

義助が甲子太郎を気にかけていた頃、春風はホンファを心配していた。

奥山の陶文展一座の見世物小屋に今日も出かけてきた。木戸銭を払って、今日は意外にもすんなりと入ることができた。奇異な思いでいると、なんと今日はホンファの出番はないそうだ。

それなら来るんじゃなかったと思い、それでも、曲芸だけを見てから楽屋に差し入れでもしようと立ち寄った。

すると、唐人服姿のホンファが楽屋を出て行くのが見えた。紅色をした唐代の宮廷衣装を身に着けているとあって雑踏にあっても目立つ。艶やかな衣服で辺りを見回しながら人混みをかき分ける様子は不穏さを醸し出していた。

迷わず、後を追う。

人の波を蹴散らすように八丁堀同心がやって来た。このところ見かける、性質の悪い同心犬山恭介である。犬山はその名の通り、鳥居耀蔵の忠犬と評判で、贅沢華美を執拗に取り締まっている。簪や煙管の色が派手だとか難癖をつけ、その癖、袖の下も平気で受け取ってもいた。

塚原から陶文展一座が阿片流入に関わっているかもしれないと聞き、鳥居は犬山に摘発を命じたのだった。

「おい、おまえ」

犬山はホンファに向かって十手を掲げる。

ホンファは立ちすくんでしまった。

「おまえ、本当の唐人だろう。阿片について何か知っているな」

死んだ魚のような目で犬山はホンファを見た。岡っ引が縄を打とうとしたところで、ホンファはさっと飛び出した。そこへ、大八車が横切る。ホンファは身軽な動作で大八車の荷台に飛び乗って跳ね上がった。

霞がかった春の空に紅の花が咲いたようだ。

通りがかった者はみな口を開けて見とれた。喝采を送り、犬山と岡っ引の間に群がる。

「退きやがれ」

岡っ引が怒鳴り散らしても野次馬は退こうとしない。

「馬鹿野郎」

岡っ引が蹴散らしてゆく。

それでも、ホンファは雑踏の中に紛れてしまった。

春風はホンファを追った。


吾妻橋に至ったところで春風はホンファに追いついた。

「ホンファ、わたしだよ。小峰春風だ」

努めて優しい声音で声をかけた。

振り向いたホンファは春風を見るとにっこりと微笑んだ。

「追われているのだね」

ホンファは小さくうなずいた。

「行く先は決まっているのかい」

今度は首を横に振る。

「なら、わたしと一緒に来るかい。心配ない。信用の置けるお人の所だよ」

春風の誘いかけにホンファは首を縦に振った。

春風はホンファを連れて橋場鏡ヶ池にある外記の家へとやって来た。幸い、外記は在宅していた。お勢も来ている。二人は春風とホンファを交互に見比べた。唐代の華麗な宮廷衣装に身を包んだホンファにお勢は目を白黒させた。

春風はホンファを紹介し、清国から渡って来たことを言い添えた。

「へえ、遥か清国から……何か深いわけがありそうだね」

可憐な一輪の花の秘めた事情にお勢は思いを巡らすように目を凝らした。

ホンファはうつむいている。

ホンファは片言の言葉で、とつとつと語った。しかし、込み入った点が多々あるらしく事情は呑み込めない。かろうじてわかったのは、何か深い事情があって香港(ホンコン)から長崎に渡来し、陶文展一座と知り合い、一座に加わって江戸までやって来たということだ。

「父上、とりあえず、うちに来てもらおうか」

お勢の申し出を、

「それはな……」

意外にも外記は慎重な姿勢をとった。

「どうしたの」

お勢がいぶかしむと、

「あの家では人目につく。根津権現の門前だからな。これから陽気がよくなると、人出が増える一方だ」

「そりゃそうですけど、じゃあ、ここにいさせる気ですか」

抗うようにお勢は口を尖らせた。

言葉のわからない娘と隠居の二人暮らしこそ人目を引くし、第一、暮らしも不自由だ。

「ここも駄目だ。やはり、多少の言葉がわかる者がおる方がよい」

外記は腕を組んだ。

「そりゃ、そうだけど、清国の言葉なんかわかる者、そうそういやしないよ。漢籍を学んだお坊さんとか学者さんとかなら別だけどさ。それだって言葉を交わすとなると難しいんじゃない」

お勢が言うのはもっともである。

「漢籍を読むことができれば、筆談ができよう」

外記が返したところで、

「だれか、一座の者を呼んできましょうか」

春風が申し出た。

「いや、一座には町方の目が光っておる」

外記は危ぶんだ。

「そうだ、そうでした。犬山って名前の通りの同心、鳥居の犬が見張っていますな」

困ったと春風は頭を抱えた。

ホンファはおろおろとした目で春風を見た。春風は大丈夫だと言葉をかけ、微笑んでみせた。

外記ははっとしたように膝を叩き、

「そうじゃ、美佐江どのなら……」

一人呟いた。

今度はお勢がおやっとなって、

「美佐江どのって……」

鋭い目で外記を見返す。

「あ、いや、ちょっとした知り合いの女性だ。さる蘭学者の妻でな、ご自身は手習いを教えておる。漢籍にも通じておるゆえ、多少なりとも清国の言葉もわかるのではないか。いや、きっと、常のやり取りくらいはできよう」

外記の言葉に春風は飛びついた。

「それはいい、その方に頼みましょう。なんでしたら、わたしがその方……」

「美佐江どのだ」

外記の言葉に春風は喜び勇んで申し出た。

「美佐江どのの絵をただで描きましょう」

春風のはしゃぎようを見てホンファは顔を輝かせた。

「父上、美佐江どののお住まいはどちらなの」

お勢が問いかけた。

「住まいは知らんが、今頃は浅草田圃にある観生寺で子供たちに手習いを指導しておられるよ。よし、思い立ったら吉日だ。寺まで行くぞ」

外記は立ち上がった。

「父上、なんだか楽しそうですね」

不審の目でお勢は見上げた。

「いや、楽しんでなどおらぬぞ」

否定してから外記は素早く相州屋重吉に扮装し、春風とホンファを連れて屋敷を出た。

四半刻(しはんとき)（三十分）後には観生寺にやって来た。

手習いが一段落したところであった。美佐江は庫裏に外記たちを通した。

書院で、

「実は美佐江どの」

外記はホンファの素性から町方に追われていることまでを語り、

「危険を覚悟で、日本に渡り、江戸までやって来たということはよほど深い事情があると思うのです。その事情を聞いてくださいませんか」

外記が頼み込むと、

「わかりました。やってみます」

美佐江は懐紙と筆を用意し、ホンファとのやり取りを始めた。

ホンファは真剣な顔つきで話し始めた。美佐江は真摯(しんし)な態度で聞き取りを始める。ホンファの言葉にうなずきながら、時折、聞き取れないところに至ると、懐紙に書きとめながら、やり取りを繰り返した。

やがて、ホンファの目から大粒の涙が頬を伝った。美佐江は肩を抱き、慰めた。言葉がわからずとも、ホンファの悲しみは外記と春風にも届いてきた。

しばらくしてから、美佐江は外記と春風に向いた。

「ホンファさん、香港では交易を営むお父上の下、幸せに暮らしていたそうです」

ホンファの父、陳則秀(ちんそくしゅう)は薬種や陶器を扱う貿易商だった。イギリス東インド会社や琉(りゅう)

球の商人を相手に商いをしていた。東インド会社に青磁器を売り、琉球の商人たちには薬種を販売して商いは順調であった。ところがイギリス東インド会社が阿片を持ち込むようになり、事態は急変した。陳にも阿片を扱うよう勧めてきたが、断固拒否した。

　やがて、イギリスと戦争が始まると混乱に乗じて日本の海賊が抜け荷目的でやって来るようになった。彼らは辰五郎率いる江戸の博徒で、イギリス商人が持ち込む阿片に目をつけ、買い付けるようになった。陳は、琉球の商人を通じて辰五郎一味を薩摩藩に訴えようとした。

　辰五郎一味はそうはさせじと陳の自邸に乱入し、両親や兄、奉公人を皆殺しにし、屋敷を焼き払ってしまった。

「その日はホンファさんの舞踊を披露する日だったそうです。両親に感謝を込め、踊っている最中、辰五郎たちはお屋敷を襲ったそうです」

　日本の言葉で伝える美佐江の横でホンファは表情を強張らせた。

　ホンファは命からがらに船に乗り込んだ。船は琉球に着き、琉球から薩摩船に潜り込んで長崎までやって来たのだった。

　辰五郎一味の魔手を逃れたのち、わざわざ日本にやって来たわけを外記はホンファに問い質した。ホンファは口を閉ざした。春風が海辺新田の廃寺で会ったことを持ち出すと、ホンファは意を決したように告白を始めた。

ホンファは両親と兄、奉公人たちの命を奪った辰五郎を追って日本にやって来たのだった。自分の力で復讐することはできないとはわかっているが、一撃でも辰五郎に加えたい。殺されても構わない。辰五郎に怒りをぶつけてから天国で待つ両親と兄に会うつもりだったそうだ。

外記は、一八が松野屋で耳にした辰五郎の自慢話を思い出した。酔いが回ると辰五郎は清国やルソンの海を荒らし回っていると吹聴(ふいちょう)したとか。決して法螺話(ほらばなし)ではなく、ホンファの告白によって事実だと裏付けられた。

「辛い思いをしたんだね」

春風はしんみりとなった。

溢れる涙をホンファは拭った。

「阿片によってもたらされた悲劇であるな」

外記は嘆いた。

「せめてもの慰めは、辰五郎が身を滅ぼし、一味はお縄になったことだね。それでも、身内が生き返ることはないんだけどね」

春風の目から涙が溢れた。美佐江ももらい泣きをした。

嗚咽(おえつ)やすすり泣きの声が弱まったところで、外記が問いかけた。

「事情はわかった。さて、これからホンファさんをどうするか」

「よろしかったら、わたくしと一緒に手習いを指導してはいかがでしょう。いえ、子供たちと遊んでくれればよいのです」

目を真っ赤にして美佐江が申し出た。

「おお、それは」

外記はホンファを見た。ホンファは言葉の意味がわからず、小首を傾げている。

美佐江は言い添えた。

「ホンファさん、とっても子供が好きなようでしたの」

寺に来て、ホンファの子供たちを見ていた表情が大変に柔和でやさしげであったという。

ホンファも子供たちと一緒であれば、気が紛れるのではないか。

「それはよい」

躊躇うことなく春風が賛同した。

「そうじゃのう」

外記も賛同した。

美佐江はうなずき、ホンファの気持ちを確かめた。

陶文展一座に加わったのは辰五郎を追いかけたいからで、芸人として身を立てるわけではない。したがって一座をやめることに抵抗はないが、自分のせいで町奉行所の役人に摘発された一座の身が案じられると、ホンファは答えた。

外記から美佐江を通じて、一座は唐人に芸をさせていた罪には問われるだろうが、江戸所払いで済むと思われる。阿片流入に関しては唐人でもなく、船を持っていない一座が阿片を清国から運び込むことができるわけがなく、実際、一座は阿片など持っていない、したがって無実は明らかとなる。今後、江戸ではしばらく興行を打てないが、旅芸人であるから江戸以外の地でいくらでも興行は続けられると伝えた。

安堵したようにホンファは首を縦に振り、美佐江の申し出を受け入れた。

「よかった」

春風はわがことのようにうなずいた。

「美佐江どの、迷惑をおかけ致す」

外記は頭を下げた。

「いいえ、わたくしも、ホンファさんの気持ちがよくわかります。それに、ホンファさんが手伝ってくれれば、子供らも華やぐというものです」

美佐江は住職の妙観も異存はないだろうと言い添えた。

「ただ、このままずっと江戸で暮らすわけにはいかん。いつか、香港に帰してやらないと」

外記が春風に語りかけると、

「そうですな。このまま異国の地で暮らし続けるのは辛いことでしょうが……帰っても出迎えてくれる身内はいないのですよ。香港に帰ったら身内を亡くした悲しみがより一層深まるのではないでしょうかな」

悄然(しょうぜん)とした面持ちで春風は返した。

「そうはいっても、日本人として生きるわけにもいくまい。ホンファも日本人になることなど望んでおらぬであろうて」

外記の言葉を受け、美佐江がホンファに語りかけた。

「ホンファさん、香港に帰りたいの」

ホンファは迷う風に口を閉ざした。それを見た春風が言った。

「帰りたいとしても今すぐには無理なんですから、ホンファの望郷の念が募ったところで帰してやる方法を算段してはいかがですかな」

春風の言葉を美佐江が通訳するとホンファは首を縦に振った。

ホンファを美佐江に預け、外記と春風は観生寺を出た。

「阿片流入の源が香港であったことはわかった。辰五郎たちは香港から日本に船で運んでいたのであろう。しかし、阿片を積んだまま江戸湾に入ることはできん。江戸湾の入り口で浦賀奉行所が荷を厳しく検めるからな。よもや浦賀奉行所の目を掻い潜って江戸湾に入ったとしても船手番が荷を調べる」

外記が言うと、

「阿片流入は源が判明しただけで、道筋はわからないままということですな」

春風は真っ黒な顎髭を引っ張った。

「浦賀の手前までは辰五郎一味の船で運び、その先をどのようにして江戸まで持ち込んだのか。辰五郎一味の他に浦賀の手前から江戸までの道筋、阿片を運んだ者がおると考えるべきじゃな。そして、その者はまだ捕まっておらぬ」

表情を引き締め、外記は歩き出した。

五

二月十六日の朝、魚河岸では、魚問屋恵比寿屋喜兵衛殺しの容疑が濃くなったとして、南町奉行所の同心犬山恭介が三笠屋甲子太郎を捕縛すべく三笠屋に向かっていた。

犬山は三笠屋に乗り込んで来た。

仕入れのために来ていた義助が居合わせた。

「おまえは出て行け」

犬山は蝿を追い払うように義助に言った。

「そういうわけにはいきませんや。旦那、三笠屋さんを恵比寿屋さん殺しの下手人だってしょっぴくつもりでしょう」

「だったら、どうだっていうんだ」

開き直ったように義助を怒鳴った。

「そりゃ、根も葉もねえってことですよ。なんで、三笠屋の旦那が恵比寿屋の旦那を殺すんですよ」

「いいか、恵比寿屋はな、三笠屋のやり方を苦々しく思っていた。馬鹿に安い値段で鯛を卸していることを、な。それで、事あるごとに嫌がらせをした。先だっては荷揚げ人足をけしかけて甲子太郎に乱暴を働かせたそうじゃないか。甲子太郎の堪忍袋の緒が切れたとしても無理はないな」

「三笠屋さんを苦々しく思っていたのは、恵比寿屋さんだけじゃござんせん。本小田原町の旦那衆は揃って三笠屋さんを嫌っていましたよ。何も恵比寿屋さんだけじゃねえ」

「おまえだって知っているだろう。甲子太郎は去年まで恵比寿屋に奉公していたんだぞ。恵比寿屋にすれば甲子太郎は裏切り者、飼い犬に手を噛まれた思いだったんだろう。ひときわ甲子太郎に腹を立てていたんだよ」

「だからって、三笠屋さんが恵比寿屋の旦那を殺したってことにはならないんじゃありませんか」

「ところがな、恵比寿屋喜兵衛が殺された晩、喜兵衛は深川の甲子太郎の家を訪れているんだ」

「深川の生簀屋敷ですか」

「そうだよ」

「でも、だからって、三笠屋さんが殺したっていうのは、どうなんですかね」

「喜兵衛は甲子太郎の屋敷に入り、甲子太郎が安く鯛を卸す秘密を知った。そしてそのことで甲子太郎を責めた。甲子太郎はかっとなって喜兵衛を殺したってわけだ」

犬山は決めつけた。

義助は甲子太郎を見た。

「あたしじゃありませんよ。あたしは、旦那を殺してなどいません」

甲子太郎は強い口調で言った。

「ふん、惚けていられるのも今のうちだぜ」

犬山は余裕の笑みすら浮かべた。

「さあ、来な」

犬山は甲子太郎に縄をかけ始めた。

「わたしじゃありません！」

甲子太郎は抗った。

「詳しい話は、大番屋で聞くよ」

犬山は縄を引っ張った。甲子太郎は唇を噛みしめてから義助を見た。

「あっしゃ、三笠屋さんを信じていますよ」

心の底から励ましの声をかけた。

甲子太郎は何度かうなずいてから義助の耳元で囁いた。

「与兵衛さんを……」

甲子太郎は義助にすがるような目を向け、そんな言葉を残して連れ去られて行った。

与兵衛とは喜兵衛の一人息子だ。

魚河岸での評判は決してよくはない。放蕩息子の典型で、朝の早い魚河岸にあって、与兵衛は昼になってやっと顔を出すことが珍しくなかった。

そんな息子の面を思い出し義助は唇を噛んだ。

義助が恵比寿屋にやって来ると、与兵衛は奥の小部屋で居眠りをしていた。

「すんません」

義助が声をかけても、与兵衛は鼾をかいて起きる気配がない。父親が死んだ、しかも殺されたというのに、ろくに仕事もしないで居眠りをしているとは、放蕩息子ではすまされない、馬鹿息子である。

「若旦那」

義助は与兵衛の足を揺さぶった。

「うるさいよ」

与兵衛は寝返りを打った。

「旦那、起きてくださいよ」

声を大きくして義助は言った。

「なんだよ」

きわめて不機嫌な声を発して与兵衛は半身を起こした。義助を見ると、

「なんだい、仕入れならさ、番頭に言えよ」

与兵衛は、商いは万事が番頭任せのようだ。

「仕入れのことじゃねえんですよ」

義助が言うと、

「はあ……」

与兵衛はあくびを漏らしながら聞き返した。

「親父さんを殺した下手人が捕縛されましたよ」

「へえ、そうかい」

与兵衛は関心がなさそうに、はだけて剝き出しになっている脛をぽりぽりと掻いた。

「興味ないんですか」

「そんなことはないよ。あたしはね、三笠屋甲子太郎が殺したからお縄にするって、南町の犬山さんから聞いていたんだ。南の御奉行所も御公儀開闢以来の老舗魚問屋のうちには一目置いていなさる。恵比寿屋の主人が殺されたとなりゃ、沽券にかけて下手人を挙げてくださったってわけだ。で、いの一番であたしに教えてくれたんだよ」

与兵衛は自慢げだ。

「親父さんが三笠屋さんの生簀屋敷に向かったっていうのは、与兵衛さんが教えたんですか」

「そういうことだよ。甲子太郎の奴、親父を裏切っただけではたりず殺しやがった。実に、とんでもねえ野郎さ。いくら放蕩者って評判のあたしだってね、親父を殺した奴を許しちゃおけないさ」

この時ばかりは与兵衛も真剣な顔つきになった。

「若旦那……」

語りかけると与兵衛は嫌な顔をして遮り、

「おい、あたしはね、若旦那じゃない。恵比寿屋の主人だぞ」

与兵衛は両目を大きく見開いた。

「こら、失礼しました」

義助はぺこりと頭を下げた。

「甲子太郎の奴、あたしのことを馬鹿にしていやがった。あたしには、商いの才はないなんて陰口をたたいていたんだよ。ま、親父もあたしのことを見くびっていたけどね」

実際、与兵衛は放蕩が過ぎ、父喜兵衛は勘当しようとした。

その義助の思いが与兵衛の気持ちを逆撫(さかな)でしたようだ。

「なんだい、その目は。あたしはね、何にも考えてないわけじゃないいんだ。遊び呆(ほう)けていたわけじゃないんだよ。どんどん、いいお得意を獲得してやるさ。親父のやり方は古い。老舗の看板に胡坐をかき、これまで通りのやり方をやっていればいいなんて思っていたんだ。それじゃね、こんな厳しい世の中になったんだから、渡っていけないよ」

「なら、若……いや、旦那、どんな商いをなさりたいんですか」

「金を持っている奴を中心に商いをやるんだよ」

「金持ち相手っていいますと」

「金持ち相手にさ、鯛や白魚なんかの上級魚を売る、しかも、魚じゃなくってね、そこに面白い趣向を組んだりしてね」

与兵衛はほくそ笑んだ。

「そんなこと、うまくいくんですかね」

「成功させてみせるよ。今からね、初鰹（はつがつお）の予約も取り付けているんだよ」

与兵衛は得意げだ。

「なら、あっしたち棒手振りは用無しってわけですかい」

義助は気色（けしき）ばんだ。

「ああ、うちにはいらないよ」

悪びれることもなく与兵衛は言った。

義助は猛然と怒りがこみ上げてきた。

「おい、ここはな、おまえのような棒手振りが出入りするところじゃないんだ。さっさと、出て行きな」

与兵衛は目を尖らせた。

「目障り（めざわり）だよ」

与兵衛は強く右手を振り払った。

「わかりましたよ」

義助はむっとしながら言い返す。

義助は猛烈に腹を立てながら、恵比寿屋を出た。すると、入れ替わるようにして一人の男が入って行った。

羽織を着た商人風だ。前掛けには松野屋と屋号が記されていた。

そう、松野屋の主人半蔵である。

「へへへ」

半蔵は揉み手をした。

「なんだ、早いな」

答えたのは与兵衛である。

「ここらで、お代金を払ってくださいよ」

「わかってるよ。今晩、行くからさ、そのときに金を持参して行くさ」

「きっとですよ」

半蔵は深々と腰を折った。

半蔵が出て来たところで、

「旦那、しばらくです」

義助が挨拶をすると、

「ああ、おまえさん、長太さんと懇意にしてなさった……」

「義助です」

「そうだそうだ、義助さんだ。長太さん、おまえさんが睨んだ通り辰五郎親分んとこの若いもんに殺されたんだってね」

辰五郎親分のお座敷に呼んだことを半蔵は悔いていると嘆いた。

半蔵が気持ちを落ち着かせるのを待ち、

「恵比寿屋の旦那、松野屋さんを贔屓になさっているんですか」

「このご時世、旦那のように派手に遊んでくださるお客さまはありがたいですからね」

半蔵は恵比寿屋を振り返った。

六

義助は根津にあるお勢の家にやって来た。

元々は外記の住まいであった。根津権現の門前町近くの武家屋敷の一角である。この辺りは、御家人屋敷が雑多に建ち並んでいる屋敷町だ。外記の表の顔は御家人青山重蔵（あおやまじゅうぞう）であったことから、御家人屋敷に居住していたのだ。

百坪ほどの敷地には、二階建ての母屋（おもや）の他に長屋が建てられていた。長屋を常磐津の稽古場としているが奢侈禁止令のせいでがらんとしていた。

お勢は暇そうに母屋の縁側に腰をかけていた。

「あら、義助さん、どうしたの。そんな辛気臭（しんきくさ）い顔しちゃってさ。そんな顔じゃ、新鮮な魚だって、不味（まず）くなっちゃいますよ」

お勢に言われ、

「そりゃ、違（ちげ）えねえんですけどね」

ため息交じりに義助が返すと、

「どうしたんだい」

お勢は心配し出した。

「ちょいと、頼みがあるんですよ」

義助は三笠屋甲子太郎が恵比寿屋喜兵衛殺しで捕縛されたことを語り、

「あっしゃね、どうしたって甲子太郎さんが恵比寿屋の旦那を殺したなんて、信じられねえんです。怪しいのは倅(せがれ)ですよ。与兵衛です。あの馬鹿息子が殺したに決まってますよ」

憤(いきどお)る余り、義助の顔は真っ赤に染まった。

「で、義助さんは、与兵衛の化けの皮を剝がしたいんだね」

お勢の言葉に義助は強く首を縦に振って言った。

「お頭には断っていねえんですけどね」

「それはあたしの方で何とかするさ。あたしもね、ここんところ、暇でね。むしゃくしゃしていたんだ。もっとも、暇つぶしに甲子太郎さんの濡れ衣を晴らすんじゃ申し訳ないけどね」

確かにお勢の常磐津の稽古所は奢侈禁止令のお蔭で、閑古鳥(かんこどり)が鳴いている。

「すんません」

義助はぺこりと頭を下げた。

「義助さんが頭を下げるようなことじゃないよ。一八もここんところ暇なんだしさ、よいしょさせてやらないと、腕が鈍っちゃうさ」

お勢は胸を叩いた。

「なら、お願いしますよ」

義助は与兵衛が今晩向かうのは松野屋だと教えた。


その日の晩、松野屋にお勢と一八がやって来た。靄に包まれた朧月がほのかにかすんで見える。春の夜はどこか艶めいていた。それにもかかわらず、座敷から音曲が聞こえないのは味気がない。

それでも、庭木や池の手入れは行き届き、高級料理屋の体面を保っていた。

お勢は鼠色の小袖に黒羽織を重ね、素足に下駄履きという男のような出で立ちだ。中棹の三味線を持ち、一見して辰巳芸者の装いである。足の爪先を紅で赤く染めているのも辰巳芸者らしい。

お勢と一八に任せたものの義助は居ても立ってもいられず、松野屋の前をうろうろとしていた。

すると、犬山恭介が歩いて来る。

天水桶(てんすいおけ)の陰に隠れようと思ったが目が合ってしまい、

「こりゃ、旦那」

義助はぺこりと頭を下げた。

「おお、おまえ、なんだ、こんなところで」

犬山が怪しむと、

「松野屋さんに出入りがかなわないかなって思いましてね、お願いにやって来たってとこで」

義助は松野屋を振り返った。

犬山は鼻で笑い、

「おまえみてえな、棒手振り風情が出入りできるような店ではないぞ」

「そりゃそうですがね。ここんところの、厳しい世の中でござんしょう。ですからね、こうした高級料理屋にも出入りがかなうように頑張っているんですよ。ところで、旦那は夜回りですか」

「わしらも大変なんだ」

何しろ、あの妖怪奉行こと鳥居耀蔵が奉行である。その手足となって奢侈禁止令の摘発に当たる犬山ら同心たちにも厳しい成果が求められているに違いない。

「それで、松野屋に目をつけたってことですか」

「そういうことだ」

犬山がうなずく。

丁度いい、お勢が与兵衛の化けの皮を剝がす場面に遭遇（そうぐう）させてやろう。

「目のつけどころがいいですね。実際、松野屋さんではまだまだ贅沢に遊んでいらっしゃる方々がおられるそうですよ。特に一番のお座敷では派手な遊びが行われているそうです」

義助は与兵衛が入って行った座敷を指差した。犬山は首肯すると、

「わしの耳にも届いておる。松野屋はお上の目を憚らぬ贅沢な遊びをしているとな」

「魚河岸でも評判ですよ。恵比寿屋の与兵衛さんが、よく使っていらっしゃるって」

義助は言い添えた。

「さて、行くか」

犬山は松野屋の裏木戸から入って行った。どうやら、内偵（ないてい）をするようだ。奢侈禁止令に背（そむ）く料理屋として、松野屋は摘発にはまたとないと思ったに違いない。

うまいこと、与兵衛の遊びに遭遇してくれれば。義助は祈るような思いで松野屋を見上

げた。

松野屋の座敷では、与兵衛が贅沢な膳を設え飲み食いをしていた。しかし、さすがに派手な音曲、三味線、太鼓などはもちろんなく、芸者もはべらせていない。

それゆえ、物足りないと与兵衛は嘆き、

「半蔵、例のものを持ってこいよ」

と、幇間のように控える半蔵に言った。

「旦那、ここではよくないですよ」

半蔵は抗った。

「かまうもんか。こう陰気な座敷じゃさ、気が滅入(めい)ってしまうよ。いいから、持ってくるんだよ」

与兵衛はせかした。

「知りませんよ。このところ、御奉行所の目が厳しいんですから」

「大丈夫だよ。ちゃんと、鼻薬(はなぐすり)を嗅がせているんだからさ。あたしはね、大奥御用達、老舗の魚問屋恵比寿屋の主人なんだ。あたしを捕まえたら、いくら妖怪奉行さまだって大奥から非難されるさ」

自信満々で与兵衛は言った。

まさしく怖いものなしといった様子である。それでも躊躇う半蔵に、

「嫌なら、いいんだよ。今時、稼ぎが少なくなって困っている料理屋は珍しくないんだ」

あくまで強気な与兵衛に、

「わかりました。旦那がそれほど、おっしゃるんでしたら」

半蔵は重い腰を上げて、出て行った。

与兵衛は酒をぐいっと呷（あお）った。


お勢と一八は縁側の柱の陰で与兵衛のお座敷の様子を窺っていた。

亭主が座敷から出て行った。

「行くよ」

お勢が言うと一八は扇子をぱちぱちと開いたり閉じたりを繰り返した。それから、咽喉（のど）の調子を整えるように咳を二度ばかりして、

「いよ、いよ、凄い」

などと調子のいい言葉を発しながら座敷へと入って行った。与兵衛がぽつんと一人で酒を飲んでいる。つまらなそうな顔を向けてきたところへ、

「お寂しいこってすね」

一八が声をかける。

「余計なお世話だよ。おまえ、幇間か。呼んでないよ」

不機嫌に与兵衛が返すと、

「いえね、松野屋の旦那に頼まれたんですよ。席を外している間、場を繋いでおけって」

「半蔵が……」

与兵衛は首を傾げた。

「おっと、こんな野暮な男じゃいけやせんね。それでしたらね」

手を打つとお勢が入って来た。

紅が塗られた足の爪先が悩ましい。

尖っていた与兵衛の目元が柔らかになり、

「こりゃ、色っぽい別嬪(べっぴん)じゃないか」

と、声が裏返った。

「あんた、辰巳芸者かい」

与兵衛が問いかけるとお勢に代わって、

「こんな格好なさってますがね、常磐津の師匠でげすよ。ここんところ、稽古所も閑古鳥が鳴いていますからね、こうして、料理屋の座敷を回って歩いているんですよ」

「そうかい、このご時世だからね。ま、いいや、せっかく来たんだ。ちょいと、やってもらおうか」

与兵衛が受け入れたため、お勢はにっこりして三味線を弾き始めた。初めのうちは、「老松」を張りのある声で唄う。

「げに治まれる四方の国、げに治まれる四方の国〜」

三味線に合わせ、お勢は唄い始めた。

「いいね、やっぱり、お座敷にはいい女と三味線がなきゃいけないよ」

与兵衛は上機嫌だ。

「それと、幇間もお忘れなく」

一八は扇子で額を叩いた。

与兵衛は一八に酒を勧めた。一八はそれを飲み、与兵衛を盛んに持ち上げた。

「旦那、今時、珍しい粋なお方ですね。ほんと、感心しました」

「調子がいいね、おまえは」

「そりゃ、あたしは幇間、調子がいいのが身上でげすよ。でもね、嘘偽りなく、こんな厳しい、ご時世にですよ、こういう高級料理屋でお上の目も恐れることなく遊んでいらっしゃるなんてお方は、滅多にいらっしゃいませんでげすよ。いよ、偉い！」

一八のよいしょに与兵衛は満更でもなさそうに笑みを深めた。

「いえね、ちょいと聞こえたんでげすよ。お上が怖くて遊んでいられるかって、旦那のお声が。大奥御用達なんだそうでげすね」

「まあね」

与兵衛は警戒するように短めの答えをしたが、

「偉い、それでこそ、恵比寿屋の旦那だ。あたしゃ、惚れたね。男を惚れさす男でなきゃ、粋な年増は惚れやせずってね」

一八の言葉にお勢はうなずくと、与兵衛に流し目を送った。与兵衛の目尻が下がった。

お勢の右手が頭上に上がり、撥をひときわ大きく打ち鳴らした。

七

三味線の音色が変わった。

妖艶な音色の中にも研ぎ澄まされた緊張の糸が張られたようだ。

与兵衛の目元がとろんとなった。

「旦那、とってもいい男ですね」

三味線の音色に合わせてお勢の問いかけが行われた。

「そうかい」

与兵衛はやに下がる。

「恵比寿屋の旦那、つい先だって、親父さんが亡くなったんですよね。お気の毒に」

「親父は殺されたんだ。あたしはね、親父よりももっと、恵比寿屋の身代を大きくするよ」

「頼もしいわ」

しっとりとした三味線の音色に合わせ、お勢は声音を落とした。

与兵衛の声音は高ぶった。

「あたしはね、お上も怖くない」

「でも、親父さんを殺した男、憎いでしょう」

上目遣いとなってお勢は問いかける。

「あいつは馬鹿だ。親父を裏切った。だから、あたしが始末してやった」

「町奉行所に捕まったんですよね」

「ああ、捕まえさせてやったよ」

気が大きくなり、与兵衛は胸を叩いた。

その少し前、犬山は裏庭の植え込みに身を潜めていた。

すると、

「いいから、持ってくるんだよ」

与兵衛の甲走った声が聞こえた。

慌てて半蔵が出て行く。

「阿片だ。与兵衛の奴、とうとう尻尾を出しやがったな」

犬山は舌なめずりをした。

すると、半蔵と入れ替わるようにして幇間と三味線を持った女が座敷に入った。

さては、女をはべらせ、阿片を楽しむつもりだ。犬山は床下に潜り込んだ。

三味線催眠術にかかった与兵衛に更に語らせようと、お勢は撥を忙(せわ)しげに動かした。三味線の調子が上がり、与兵衛は両手を打ち鳴らした。

そこへ、お勢の艶っぽい声が重なる。

「裏切り者って、三笠屋甲子太郎ですね」

「そうだよ。あいつは、親父に魚問屋として仕込まれながら、客を掴んだまま、独立をしやがった。恩知らずどころか、裏切り者だ」

「裏切りの挙句、甲子太郎は親父さんを殺したんだ。とんでもない男だね」

「ところがだ、あいつの間抜けなところは、肝心のところであたしが上をいったのさ〜」

与兵衛の語尾が延び、唄っているようだ。

「それはどういうことですか〜、いよう！」

お勢も調子を合わせる。

「それはね〜言えないね〜」

警戒というよりは勿体をつけているようだ。

「あら〜、教えて欲しいわ」

お勢の朗々（ろうろう）とした唄に与兵衛はとろんとなり、

「ほんとはね、あたしが殺したんだよ。それを甲子太郎になすりつけてやった。あいつは、やってもいない殺しで死罪にされるってもんだよ〜」

与兵衛も大きな声で唄い出した。

お勢はひときわ大きく、三味線を打ち鳴らし、ぴたりと声の調子を上げ、唐突に止めた。

与兵衛ははっとなって真顔になった。

それで、首を捻りながら、

「おかしいな、なんだか、夢を見ていたような」

すかさず一八が、

「旦那、いきましょう」

酒を勧めた。

「ああ」

ぼうっとした顔のまま杯を受けた。その時、廊下に足音が近づいてきた。

「なら、あっしらはこの辺で」

一八はさっと立ち上がった。お勢もぺこりと頭を下げて座敷を出る。一八も後から続いた。

半蔵が入ってきた。

「待ってたよ」

与兵衛は言った。

「旦那、今のは……」

半蔵の問いかけに、

「幇間と常磐津の師匠だよ。おまえが席を外している間に手配してくれたんじゃないのかい」

「いいえ、知りませんよ」

半蔵はかぶりを振った。

与兵衛は首を傾げて思案をしたものの、ま、いいやと、関心は阿片に向いた。

「ささて、お楽しみが始まるよ」

与兵衛は朗らかな声を発した。


床下では、狙い通りの成り行きに犬山はにんまりした。

半蔵が戻って来たのがわかった。

「待ってたよ」

という与兵衛の声を聞いてから、

「行くぜ」

犬山は床下から這い出した。

ついで、縁側に履物を履いたまま上がり、座敷の障子を乱暴に開ける。

「恵比寿屋与兵衛、神妙にしろ」

犬山は怒鳴った。

「え、ええ」

与兵衛は腰を抜かさんばかりに驚いた。

「おめえもだぜ」

半蔵にも犬山は十手を向けた。

「ご勘弁を」

半蔵は両手を合わせ全身を震わせた。与兵衛は摘発にやって来たのが見知った犬山だと気づき、引き攣った顔を緩めた。

「犬山さんじゃありませんか。ご存じのように、あたしは大権現さま以来の魚問屋の主ですよ。南町の与力さま、同心さまにも顔が広いんですよ。一回くらい、お目こぼししてくださいな。お礼は差し上げますから」

上目遣いになって与兵衛は揉み手をした。

犬山は冷たい目で見下ろし、

「舐めるな！」

与兵衛を足蹴にした。

ついで、おどおどと畳に這い蹲る与兵衛に、

「親殺しは磔だ。阿片を吸っていたとなったら火炙りになるかもしれんぞ」

犬山に告げられ、与兵衛は泣き叫んだ。

一八とお勢が裏木戸を出ると、義助が待っていた。

三人は生垣に潜んだ。

与兵衛と半蔵が犬山に捕縛されて連れて行かれた。

「お勢姐さん、一八、ありがとうございます。これで、甲子太郎さんの濡れ衣が晴れましたよ」

義助は礼を言った。

「うまい具合に町方の役人が床下に入り込んでいたんだね」

会心の笑みをたたえるお勢だ。

「ほんと、うまくいってよかったでげすよ」

一八も満足そうである。

「及ばずながら、あっしが犬山の目を松野屋に向けてやったんでさあ」

譲ることもなく義助が言うと、一八は「でかしたね」と扇子をぱたぱたと義助に向かって扇いだ。

お勢は一八に向き、

「いくら、もらったんだい」

と、問いかけた。

「あっ」

一八は額を手で打った。扇子を開いたり閉じたりを繰り返してから、

「もらわなかったのかい」

「うっかりしてたでげすよ」

一八はぺこりと頭を下げた。

「貸してごらん」

お勢は一八から扇子を受け取ると、

「この、どじ」

一八の額を扇子でぴしゃりと叩いた。

「面目ござんせん」

一八はぺこりと頭を下げた。

あくる日、義助は安針町にある三笠屋に顔を出した。甲子太郎は忙しげに商いをしていた。

「旦那、ご無事でお戻り、本当によかったですね」

義助が声をかけると、

「ありがとう。これで、魚の商いができるというものだ」

甲子太郎は満面に笑みをたたえた。

「ほんと、よかったですよ」

心から義助も喜んだ。

すると、

「大奥から鯛五百尾の注文だが……」

と、魚河岸を統括する魚納屋役所の役人が困り顔で回ってきた。明日の朝に、鯛を五百尾届けよというお達しなのだそうだ。ところが、それを中心となって担っていた恵比寿屋が不祥事を起こし、届けられなくなった。摂津系の老舗魚問屋は恵比寿屋の顔を立てた商いを行っていたがために、大奥の突然の要望に応えられないのだ。

「五百尾のうち、二百尾は何とかなるのだが、恵比寿屋が用意するはずだった三百尾が不足だ。誰でもよい。都合をつけられぬか」

役人は声を放って呼びかけた。

「畏れながら」

甲子太郎が進み出た。

「なんだ」

「鯛の納入、手前にやらせていただけませんでしょうか」

あくまで低姿勢に甲子太郎は願い出た。

「三笠屋、そなた、三百の鯛を納められると申すのだな」

役人の顔には安堵と疑念の表情が浮かんだ。

「間違いなく、お届けにあがります」

甲子太郎は胸を張った。

「そうか、では、しかとそなたに申しつけたぞ」

役人は声高に命じて去って行った。

義助の胸に熱いものがこみ上げてきた。

「三笠屋さん、やりましたね。大奥御用達ですよ」

「義助さん、ありがとう」

甲子太郎の目にはうっすらと涙が滲んでいた。

「立派ですよ。これまでの努力が報われましたね。ほんと、よかったですよ」

「何も大奥御用達になることが目標ではありません。わたしはあくまで新鮮な魚を一人でも多くの方々に安く食べていただきたいのです。大奥に出入りがかなえば、そうした願いにも大いに役立つのではないかと思います。義助さん、これからも応援してくださいね」

甲子太郎は義助の手を握った。

棒手振りなど、虫けらのようにしか扱ってくれなかった恵比寿屋与兵衛とのあまりの違いに義助は胸を打たれた。

第四話　江戸の臍

一

二月二十五日、桜は八分咲き、満開を前に華やいだ空気が流れている、と言いたいところだが、曇天模様の薄ら寒い日和だ。

肌寒い風に吹きさらされながらお勢は浅草田原町三丁目にある村山庵斎の家を訪れた。

このところ、庵斎は病に臥している。本人は風邪をひいただけだと言っているが、病床から抜け出せないまま十日が過ぎていた。さすがに外記は心配になり、お勢を見舞いに行かせたのだ。

庵斎は醤油問屋万代屋吉兵衛が家主である長屋に独り住まいをしている。長屋の敷地には二階建長屋二棟、棟割長屋が一棟建っている。

木戸を入り、路地を歩くと納豆売りとすれ違った。二階建長屋の一軒の前に立ち止まる。

「俳諧指南、村山庵斎」

という立て看板を見ながら、

「村山のおじさん、気分はどう」

お勢は腰高障子を開けた。

小上がりの八畳間に床が延べられ、庵斎は寝巻き姿で半身を起こしていた。げっそりと頬がこけ、顔面は蒼白だ。失礼ながらしなびた茄子のようである。

枕元には春風が座っている。

部屋の隅には小机があり、庵斎の七つ道具といえる小道具が並んでいた。色々な穂の形をした筆、当時は珍重された鉛筆、染料、くじらざし、向こうが透けて見えるほどの薄い紙、そして天眼鏡である。庵斎はこれらを駆使して様々な贋の文書を作成する。

だが、乱れなく整然と並べられた様が、庵斎の病苦を物語っているようでお勢の胸は痛んだ。外記から預かった煎じ薬が入った紙包みを置いた。

「熱も下がったから、そろそろ、動けそうだよ。酒に酔って臍を出したまま眠りこけたのがいけなかった。春雷が鳴っていたから、鬼に臍を取られたと思ったよ」

庵斎は下腹を手で押さえ笑みを浮かべた。

「腹巻きしとかないとね。それと、病み上がりが大事、無理しちゃ駄目よ。今んところ、おじさんの手を借りる役目はないんだから。父上もくれぐれも無理をするなって、釘を刺しておけって言ってたわ」

お勢は横になるよう勧めた。

意地を張ってか庵斎は座したままだ。

無理に寝ることを勧めるのはよくないとお勢は春風に話題を振った。

「ホンファちゃんを預かってくれた美佐江さんて、どんな人なの」

ああ、そうでしたと春風は懐中から絵を取り出した。

「このような女性ですぞ」

春風は畳の上に絵を広げた。

お勢は覗き込んだ。庵斎も目を凝らす。

二人はしばらく絵に見入っていたが、

「おっかさん」

「お志摩さん」

同時に大きな声を発した。

きょとんとする春風に庵斎が言った。

「お頭の愛妾だったお志摩さんそっくりなんだよ」

続いてお勢が、

「ほんと、おっかさんによく似てるわ」

お志摩が死んだのはお勢が十歳の時だ。母の面影はしっかりと脳裏に刻まれている。お志摩の死後、外記に引き取られ武家の娘として育てられたためお勢は町人言葉と武家言葉が交じっているのだが、それを象徴的に表しているように、

「おっかさん」

とお志摩を呼び、外記には、

「父上」

と語りかける。

お勢は絵から視線を春風に移し、

「父上、美佐江さんが好きなんじゃないの」

「まさか……」

右手を振って否定したものの、

「お頭とて女性に好意を寄せることはありますが、美佐江さんは人の妻ですぞ。ご主人は蘭学者、今は牢屋敷に入れられております。尚歯会に入っておりましたので」

春風が言うと、

「お頭、亭主の居ぬ間に間男（まおとこ）すると……」

庵斎はおかしそうに笑った。

「冗談じゃないわよ。まったく、父上ったら」

お勢は口を尖らせた。

「お勢ちゃん、心配ないよ。お頭は人妻に手を出すようなお人じゃないさ」

庵斎の言葉に春風も深くうなずいた。

お勢は黙り込んだ。胸の中にもやもやが残った。

二

その頃、南町奉行所奉行役宅の書院では、

「藤岡、恵比寿屋がとんだ不祥事をしでかしたな」

鳥居はにんまりとしていた。

「まったく、御公儀開闢以来の老舗魚問屋が親を殺した上に阿片にまで手を出すとは、神君家康公もお嘆きでございましょう」

藤岡は苦り切った顔をした。

「家康公のお嘆きが聞こえるようじゃが、わしには一方で、家康公から海防の啓示を受けたような気がしておる」

鳥居は顔を輝かせた。

「海防でございますか」

藤岡は不審そうに問い返す。

「そうじゃ。これで、江川に勝てる。絶対に勝てる。洋物かぶれどもなどに海防を任せてなるものか」

燃え立つような目で鳥居は文机に向かうと書きものを始めた。興に乗ったようで一言も発せず、黙々と筆を走らせる。声をかけることなどもっての外、かといって立ち去ることもできず、ただただ藤岡は息を殺して見守り続けた。

半刻が経過し、

「水野さまに会ってまいる」

鳥居は立ち上がった。


江戸城老中用部屋で鳥居は水野忠邦と面談に及んだ。

「その方の意見書、目を通した」

鳥居は期待の籠った目で水野を見返した。

「まさしく、佃島は江戸湾に侵入してきた敵を砲撃するのには、絶好の場所といえる」

水野が認めてくれたと鳥居は勢い込み、

「佃島であれば、わざわざ、埋め立てて島を造作する必要もございません。財政厳しき折、費用の面でもよき場所と申せましょう」

江川の案より優れているのだと強調した。水野はうなずいた。

「その上、佃島に隣接する石川島の人足寄場の者どもを使い、砲台設置の作業に当たらせれば普請の費用も削減できるというものでございます」

得意げに鳥居は言い添えた。

「うむ、中々、理に適っておる」

水野もうなずいた。

「洋物かぶれどもの浅知恵に頼らずとも、夷狄どもを撃退することができます」

鳥居は言葉を強めた。

すると、一転して水野は冷ややかな目をして言った。

「砲台を築くのに、佃島は格好の場所だ。だがな、申すまでもなく、佃島には漁師どもが住んでおるではないか」

「退去させればよろしいかと存じます」

「佃島の漁師どもは、神君家康公が摂津国佃村より呼び寄せたものどもの末裔じゃぞ。あわせて、江戸湾の漁業権を持っておるのじゃ。それを、佃島から出て行けと簡単には命ぜられぬ。そなた、佃島の由緒は存じておろう」

鳥居はかっと両目を見開き、

「天正十年（一五八二）のこと、織田信長公の招きで京都見物をなさった神君家康公はわずかな家臣団にて摂津国佃村にある住吉大社を参拝なさいました。その際、佃村の領民が船を出し、さらには白魚を獲り、家康公に献上致しました。そのことを恩義に思われた家康公は、関東に移封された折に、佃村の漁師を江戸に呼び寄せられました。天正十八年（一五九〇）といわれておりますが、もっと後年であったともいわれております。間違いないことは、佃村から神主以下、三十三人の住人が江戸に来て、安藤対馬守さまの御屋敷に住み、白魚をはじめとする漁に従事したということでございます。後に、安藤邸を出て、江戸湾にあった干潟を干拓し島として住みつき、漁場を与えられ、今日に至っております。現在、二百人程の住人がおり、そのほとんどが漁師でございます」

淀みない口調で佃島の歴史を語り終えた鳥居を水野は乾いた目で見返した。

「わかっておりながら、佃島の住人どもを退去させよと申すか」

「海防のため、御公儀の威光を以って命ずるべきと存じます」

鳥居の反論に、

「それはならん。佃島の漁師どもがいなくなれば、白魚の江戸城への納入が滞るは必定、それに、大奥の目もある。佃島の漁師どもを移住させるとなると大事じゃ。よほどの理由がないと退去などさせられぬぞ」

水野が言ったように佃島の漁師が獲った白魚は毎朝、将軍の食膳に供されるのが慣わしだ。大奥でも佃島の白魚を楽しみにしている者は多い。

「先だって、魚河岸の魚問屋が阿片を吸入し、親を殺すという大罪を犯しております。そんな不届き者を出す佃島というのは……」

必死で言い立てる鳥居に、

「確かに不祥事をしでかした恵比寿屋は先祖を辿れば佃島の漁師どもと同じじゃ。しかしそれでは、佃島の漁師どもを移住させる理由にはならぬ」

水野はにべもなく否定した。

「そこを何とか」

鳥居はにじり寄った。

「しつこいぞ。考えはよかったが、実施するは困難じゃ。鳥居、絵に描いた餅では話にならん」

水野に断じられ、鳥居は面を伏せた。

しばし思案の後、がばっと顔を上げ、

「承知しました。本物の餅にすべく、方策を立てる所存にございます」

「うむ、やってみせい」

乾いた口調で水野は命じた。

南町奉行所の奉行役宅に戻ると、鳥居は塚原茂平次を書院に呼んだ。

「塚原、佃島に阿片を持ち込め」

前置きもなく唐突に鳥居は命じた。

「佃島にですか」

塚原は戸惑った。

「そうじゃ。辰五郎から没収した阿片があろう。それを佃島の何処かに隠すのだ。それで、しかる後に佃島の名主を摘発する」

「畏れ入りますが、そのわけをお聞かせください。佃島と申せば神君家康公が摂津国佃村より呼び寄せた漁師どもの子孫が住まう島、そんな島に阿片を隠すなどいかなるお考えでございますか」

躊躇いと疑念を募らせる塚原に、

「そう考えるのも無理はないな。ならば、特別に聞かせてやろう」

鳥居は手招きをした。

塚原はごくりと唾を呑み込んだ。

「佃島にな、海防のための砲台を備える。そのためには佃島の漁師どもが邪魔じゃ。江川ら洋物かぶれどもに砲台は築かせぬ」

「なるほど、そういうことでございますか」

塚原は顔を輝かせた。

「おまえも、知恵を働かせろ」

「あの、わたしにも考えがございます」

おずおずと塚原は申し出た。

鳥居は試すような目で塚原を見た。

「小伝馬町の牢屋敷に投獄しております、辰五郎の子分どもを脱獄させ、佃島に逃げ込ませてはいかがでしょうか。さすれば、佃島が阿片の巣窟（そうくつ）であると、これ以上ない証となります。阿片を佃島に持ち込んだだけでは、佃島漁師どもの仕業とは限らぬと幕閣のお歴々は判断されるかもしれません」

「なるほど、幕閣のお歴々を納得させねばならぬな。神君家康公が御墨付を与えた佃島漁師どもを追い出すとなれば、町奉行所の裁許だけでは済まされぬ。評定所にて吟味されるであろう。吟味には老中、若年寄も加わるに違いない。塚原、よきところに気づいた。して、辰五郎の子分どもをどうやって脱獄させるのだ」

「それは……」

塚原が言葉を詰まらせると、

「肝心の方策を立てておらんのか」

水野から受けた叱責を鳥居は塚原に言った。

「すみやかに練ります」

「小伝馬町の牢屋敷はやすやすと脱獄などできるものではないぞ。おまえの考えは絵に描いた餅じゃ。食べることができるような餅にしなければ意味はない」

「わかっております」

「ならば、急いで方策を立てよ。ぼやぼやしておると、江川めの策が実施されてしまうぞ」

鳥居は目を細めた。

「では、入獄中の子分ではなく、捕縛を逃れた者を見つけ出すのはいかがでしょうか」

さも妙案のように塚原は言ったが鳥居は舌打ちをし、

「南町の同心どもに辰五郎一味の残党狩りを命じておるのじゃが、一向に見つからぬ。江戸を出たのか。江戸の何処かに潜り込んでおるのか、わからぬままじゃ。むろん、同心どもには行方を追わせるが当てにはできぬ。それより、おまえは牢屋敷の子分どもを使う手立てを考えよ」

「承知しました」

塚原は鳥居の怒りが向かないよう、そそくさと退室した。

翌二十六日の昼下がり、塚原は自分の話した思いつきにさいなまれていた。昨日とは一転して春らしい霞がかった青空にもかかわらず、あんなことを言わなければよかったという後悔ばかりが胸につき上がり、うつむき加減になってしまう。

小伝馬町の牢屋敷から辰五郎の子分を脱獄させることなどできはしない。ならば、辰五郎一味の子分を偽装し、そいつらに阿片を持たせて佃島に潜ませるか。

いや、それも無理がある。

そんなことをしても、ばれるに決まっている。

鳥居のことだ。すぐにもよき案を持っていかなければ、自分は見捨てられる。

塚原は懊悩しながら市中を歩いた。

日本橋の賑わいに身を任せたところで、

「あの爺……」

浅草田圃にある観生寺で美佐江や江川と一緒にいた商家の隠居風の老人がいる。

よし、正体を見極めてやる。

塚原は隠居の後をつけた。


隠居は杖をつきながらも軽快な足取りで神田方面に歩いて行く。気づかれぬよう間合いを取っているが、目を離せば見失いそうだ。

神田川に到った頃には、ぽかぽか陽気とあって塚原は汗ばんできた。ところが隠居は疲れも見せないどころか立ち止まることも足取りを緩めることもしない。地べたをすいすいと滑るように進んでいった。

歩いている様子を見ただけで只者ではない気がした。

これは思わぬ曲者かもしれぬ。

塚原は獲物を見つけた猟師のように気分を高揚させた。

隠居は浅草田原町三丁目にある長屋の木戸を潜った。塚原は木戸の陰から隠居の背中を追った。隠居は二階建長屋の一軒に入って行った。

「俳諧指南　村山庵斎」

という立て看板が掲げられていた。

「俳諧か……」

俳諧の指南所に通って来たようだ。

こうなったら、隠居の住まいを確かめたい。

木戸の脇に立ち様子を窺う。

路地を歩く長屋の住人とは視線を合わせることなく、そ知らぬふうを装った。

「早く、出て来い」

苛立ちを抑えながら張り込みを続けた。

すると、

「塚原どの」

背中を叩かれた。

ぎょっとして振り返ると、侍が立っていた。

誠実そうな面差しの浪人……糊の利いた紺地無紋の小袖、くっきりと襞がある草色の袴、浪人特有のうらぶれた感じがしない男。そう、真中正助だ。

「真中どのではないか」

塚原は真中を見返した。

「こんなところで、何用でござるか」

真中がいぶかしむと、

「いや、たまたま通りかかったところだ」

「阿片の探索かな」

「まあ、そんなところだ」

塚原は曖昧に言葉を濁し、そそくさと立ち去った。

三

塚原が去ってから真中は木戸を潜り、庵斎の家まで歩いた。

「失礼致します」

庵斎の家の腰高障子に向かって挨拶をする。

「おお、入れ」

外記の声が返され真中は中に入った。

外記は庵斎と共に茶を飲んでいた。病み上がりとあって庵斎の顔色は悪いが、床は片付けられている。

真中の緊張を帯びた顔を見て、

「どうした。そんな怖い顔をして」

「辰五郎の用心棒に雇われておった塚原茂平次が長屋の木戸に立ち、様子を窺っておりました。おそらくは、お頭をつけて来たものと思われます」

「それは抜かっておったな。塚原め、観生寺でわしが江川どのと一緒におるのを見かけて、わしの素性を探ろうと思い立ったのであろう」

外記は真っ白い顎の付け髭を撫でた。

「まったく、油断も隙もない男でございます」

真中は目をしばたたいた。

「鳥居から阿片流入の道筋及び江川どのを陥れるネタを探すよう命じられておるのかもしれんな」

外記は腕組みをした。

庵斎も表情を引き締めている。

「矢部さまが奉行を解任され、南町の動きがわからなくなりました」

　鳥居の前任者、矢部駿河守定謙と庵斎は、俳諧を通じて親しく交わっていた。それが、矢部の失脚と共に繋がりが失われたのである。

「ともかく、明日にも塚原の狙いを探ってみます。塚原は鳥居の命で動いております。南町奉行所の奉行役宅を張り込んでおれば、捕まえることができましょう」

　真中の言葉を受け、

「ならば、わしは明日もここでそなたの報せを待つとしよう」

　期待を込め外記は庵斎を見返した。

　その時、庵斎がくしゃみをした。

「おお、そうだ。忘れておった。臍出し爺には……」

　懐中を探り、外記はお勢から持たされた腹巻きを取り出すと庵斎に渡した。

　あくる二十七日の朝、真中は、南町奉行所の奉行役宅の裏門脇に備えられた天水桶(てんすいおけ)の陰に潜み塚原が現れるのを待った。

　果たして、真中の狙い通り塚原と遭遇することができた。

「なんだ、真中どの……」

塚原は警戒と疑念の籠った目を向けてきた。

「そなたを待っておったのだ」

「おれを……」

「わたしはな、食いっぱぐれてしまってな。塚原どのは鳥居さまの手足となって羽振りが良さそうであるから、何か役目にありつけぬかと貴殿を待っておったのだ」

真中はにこやかに言った。

「鳥居さまに雇われたいのか」

「正直、迷っておる。鳥居さまは、大変に厳しいお方であろう」

「厳しいなどというものではない。しくじりは許されぬ……」

塚原はおぞけをふるった。

「そうか……、やはり、やめておこうか。ならば、こういうのはどうだろう。鳥居さまが欲しておられるネタを摑み、それを買ってもらう……」

真中の提案に、

「それがよかろうな」

塚原は顎を搔いた。

「鳥居さまが欲しておられるネタとはやはり阿片流入の道筋か」

「いかにも」

塚原は目を大きく見開いた。

「南町は阿片を吸引しておった日本橋魚河岸の魚問屋と神田の料理屋を摘発したではないか。それ以前に辰五郎の子分どもも捕縛済みだ。魚問屋の主は殺されたそうだが、料理屋の主人と子分たちは生きておるのだろう。その者どもの口を割らせればよいと思うが」

真中は首を傾げた。

「もちろん、連日、厳しいご吟味が行われておる。ところが、料理屋の主は辰五郎の子分から買ったとしか白状せんし、子分どもは親分しか知らないの一点張りだ」

苦々しげに塚原は唇を嚙んだ。

「鳥居さまは、それでは承知なさるまい」

「拷問にかけよと申されておる。しかしな、どうも、料理屋松野屋の半蔵も辰五郎一味の権次郎たちも嘘を吐いておるようには思えん。半蔵は気の小さな男だ。阿片流入の道筋を存じておれば連日に亘る奉行所の厳しい取調べに耐えられるはずはない、とうに口を割っておるわ」

塚原の言う通りであろう。

「すると、頼みは辰五郎であったのだな」

真中の言葉は塚原の失態を際立たせるもので、塚原は忸怩たる思いで唇を噛み、言った。

「道筋は子分どもが知っておると期待したが、連日の拷問でも口を割らんところをみると、流入の道筋はまこと辰五郎しか知らなかったのかもしれん」

「後の祭りだが、辰五郎の死が悔やまれるな。このままでは、阿片流入の道筋がわからず仕舞い。そうなれば貴殿も、鳥居さまの信頼を失うのではないか」

「そんなことはない」

むきになって塚原は声を大きくした。

「ほう、何か鳥居さまを喜ばすことができる働きの当てでもあるのか」

「まあな」

「聞かせてくれ、拙者も手助けできぬか……頼む」

下手に出て懇願すると塚原はそっくり返った。自分は辰五郎を殺してしまったどじな男ではないと言いたげだ。

「佃島だ」

「佃島がどうかしたのか」

「佃島の漁師どもが阿片流入に関わっておる」

「馬鹿な……佃島の漁師と申せば神君家康公が関東移封に際してわざわざ摂津佃村から呼

び寄せ、江戸湾での漁の特権を与えた者の末裔だぞ」

周囲に人気（ひとけ）はないにもかかわらず真中は声を潜めて異を唱えた。

塚原は得意げに返す。

「そこよ。佃島の漁師どもは神君家康公から下賜（かし）された漁の特権をいいことに、お上の目を逃れ阿片を江戸に運び込んでおるのだ。先ごろ、阿片に溺れて身を滅ぼした恵比寿屋与兵衛は摂津国佃村から呼び寄せられた漁師どもの末裔。それを考え合わせれば、佃島こそが阿片流入に深く関わっておると疑うに十分だ」

「いささか、無理があるのではないか」

真中が鼻で笑うと、

「無理を通すのが鳥居さまの流儀でな」

思わせぶりに塚原は口元を緩めた。

「そうか、佃島の漁師が阿片流入に関与しておるとは鳥居さまの考えか。だとしたら、鳥居さまは佃島を潰そうと企んでおられるのか」

「漁師どもがいなくなればよいということだ」

「何のために」

「少しは頭を働かせろ。鳥居さまは御老中水野さまから江戸湾に砲台を築く計画を求められておる」

「ははあ……鳥居さまは佃島に大砲を据えようと計画されたのだな。なるほど、それで、漁師を追い出したいのか。理由はわかったが、追い出す口実に阿片流入関与をでっち上げるのはいかにも強引だ。いや、そうでもないか。尚歯会を潰した口実も尚歯会の者が海外渡航を企てているという根も葉もないでっち上げだったと耳にする。鳥居さまならやりかねぬな」

「そういうことだ。阿片流入に佃島の漁師どもが関与しておるかどうかはどうでもよい。阿片流入に関与しておるよう見せかければよい。こんな大事な企てを鳥居さまはわしに命じた。わしへの信頼は辰五郎ごときの死で消えるものではないのだ。貴殿もこの企てに加わりたいのなら、佃島について何か面白いネタを持ってこい」

鳥居の信頼を自慢しているが、要するに鳥居は塚原に汚れ仕事をさせているのだ。

「わかった。だが、いっそのこと、鳥居さまや貴殿の考えを教えてくれ。佃島の漁師が阿片流入に関わっておるなど、いかにして幕閣のお歴々に信じさせるのだ。いくら鳥居さまとて、単に阿片が佃島から見つかったでは、神君家康公以来の佃島漁師を罪に問うことはできまい。幕閣のお歴々が承知すまいぞ」

「わかっておる。だから、幕閣方も公方(くぼう)さまも得心がゆく証をでっち上げる」

「どのような」

「それは申せん」

「塚原どの、貴殿、本当はそこまで考えておらんのだろう」

からかうように問いかけると、

「そんなことはない。申せんが、真中どのならどうする」

「阿片窟を営んでいたのは伊予の辰五郎一味だ。ならば、辰五郎一味の残党を見つけ出し、佃島に阿片を持ち込ませるというのはどうだ。海辺新田の廃寺から押収した阿片は南町が管理しておるのだろう」

「いかにもそれはよい考えだが、辰五郎の一味の残党となると……」

「捕まっておらぬ者もおろう」

「おるであろうが、行方がわからん。南町も探索をしているが、見つけられないでおる。そうじゃ、真中どの、辰五郎一味の残党、見つかったら捕まえてくれ。それが何よりの手土産だ」

「承知」

「ま、南町が見つけられんでおるのだから、期待は薄いな。それよりは、牢屋敷に入れられておる者を使った方が」

塚原は薄笑いを浮かべた。

「囚人をいかに使うのだ」

いぶかしむ真中に、

「真中どの、この後は気安くわしに近づくな。大事な役目の前ゆえな。よほど、役立つネタを持参してくれれば別だがな」

居丈高(いたけだか)に言い置き、塚原は悠然と歩き去った。

真中は庵斎の家へ急いだ。


庵斎の家で外記も真中の報告を待っていた。

真中の報告を受け、

「鳥居らしい狡猾(こうかつ)な企てじゃな。蛮社の獄を再現しようとは許せぬ。罪もない佃島の漁師たちを鳥居の魔手から守らねば。これは阿片流入の道筋を突き止めることと共に大事な役目だ。上さまの命は受けずとも、世直しを役目とする闇御庭番として、見過ごしにはできぬぞ」

珍しく外記は激高した。

真中が、

「鳥居が佃島から漁師を追い出そうとしておること、お頭から上さまにお報せしてはいかがでしょう。上さまは決して佃島の漁師をお見捨てにはなられぬと存じます」

「それはできぬ」

きっぱりと外記は拒絶した。

厳しい外記の表情と声音にはっとする真中に、

「上さまのお心を煩（わずら）わせてはならぬ。困難な役目は上さまにお任せでは、我ら、何のための闇御庭番ぞ」

諭すように外記は返したが、

「お頭の思いはよくわかりますが、鳥居の悪謀（あくぼう）からいかにして佃島の漁師を守るのですか。鳥居のことです。どんな卑怯（ひきょう）極まる手を用いてくるやもしれません。塚原は入獄中の辰五郎の子分どもを使うと申しておりましたが、それはさすがに無理でございましょう。となると、鳥居のことです。塚原に命じて辰五郎の子分をでっち上げるかもしれません」

控え目な口調ではあるがはっきりと真中は意見を述べた。

「いくら鳥居でも、辰五郎と関わりのない者を子分に仕立てることはできん。佃島漁師を追い出すとなると、町奉行の裁許だけではなく老中、若年寄方の判断が必要じゃ。吟味は評定所で行われよう。評定所に偽の子分を引き出すわけにはいかぬぞ」

「お頭の申される通りと存じます。しかし鳥居が悪巧みをしておることは間違いないと思います」

「では、そなた、引き続き塚原に接触し、鳥居がいかにして佃島の漁師に阿片流入の罪を着せようとしておるのか探れ」

「承知しました……お頭、逆らうようで失礼ですが、鳥居の企てがわかってからでは遅いのではないでしょうか。先手を打たねば佃島の漁師を守ることはできぬと存じます」

真中は声を励ました。

「いかにもそなたの申す通りだ。で、いかにする」

外記に問われ、真中も妙案がないようで答えられない。しばし思案の後、真中は言った。

「先ほどは否定しましたが、塚原はまこと入獄中の子分どもを使うかもしれません」

「ならば、その真偽を確かめよ」

「しかし、塚原はよほどのネタがない限り、会ってはくれませぬ」

「無理に会っても煙たがられるであろうな」

外記も真中も口を閉ざしたため、重苦しい空気が漂う。しばし沈黙の後、庵斎が手を叩いた。

「誘い込めばよい。塚原という鳥居の密偵を佃島に誘うのじゃよ」

　庵斎の提案に、

「真中に佃島を案内させるのか。佃島は小さな島だ。漁師町と住吉（すみよし）神社くらいしかないぞ。わざわざ真中が案内するまでもない。何かネタがないことにはな。それこそ、辰五郎の子分を捕まえたとかな」

　外記は気乗りしない様子だ。

「お頭、歳のせいか気が逸（はや）っておられますな。わしはそんなことは考えておりませんぞ。佃島ではなく佃町に塚原を呼び寄せるのです」

　庵斎は言った。

　面白そうだと外記は話の続きを促した。

　庵斎の表情には生気（せいき）が蘇っている。病に臥し、しばらく闇御庭番の役目が果たせなかったやましさが鳥居の陰謀に立ち向かうことで癒されたようだ。

「佃島では、町年寄を務めた者が川柳（せんりゅう）の会を催しております。その川柳の会が中々評判を呼んでおりましてな、奢侈禁止令の徹底が叫ばれておる折、川柳ならばお上に咎められないと盛況なのです。人が集まれば、物、金、そして噂が入ってきます。この川柳の会、近頃では深川の佃町で行われておるそうです。佃町はその名の通り、佃島漁師の拝領地です。花街を形成しておって、賑わっておるそうな。町奉行所も神君家康公所縁（ゆかり）の佃島に遠慮して取り締まりを憚っておりますので、以前にも増して華やいでおるとか」

「わしはな、気取った俳諧よりも川柳の方が好きじゃな」

外記は顎を掻いた。

「真中さん、塚原はお頭を江川太郎左衛門とつるむ怪しい男と思っておるのでしょう。であれば、お頭が佃町で開催される川柳の会に参加しておると伝えてくだされ」

庵斎に言われ、

「なるほど、それであれば塚原は誘いに乗ります」

真中が承知すると外記が庵斎の提案を引き取った。

「わしが塚原を焚きつけてやる。塚原は入獄中の子分どもを佃島に引き込むつもりなのであろう。いかにして牢屋敷から出すのかはわからんが、塚原を動かせば鳥居の企てが明らかとなる。そこで、企みを潰すのだ」

「面白そうになってまいりましたな」

庵斎は手をこすり合わせた。

「佃島を臍にする。鳥居耀蔵という雷(かみなり)を臍に誘い込むのだ。思い切り、風邪をひかせてやるぞ」

外記が決意を示すと庵斎は下腹を手でさすった。

早速翌朝に真中は南町奉行所の奉行役宅前で塚原と会い、深川佃町で開催される川柳の会に怪しげな隠居が出席することを教えた。

「ほう、それは面白そうだな」

塚原のこめかみがぴくぴくと動いた。

ついで、ふと思い出したように、

「海辺新田で辰五郎一味と斬り合いになった時、真中どのを助けた男、一体、何者だ」

「さて、わたしと同じ浪人者としか。山田と名乗ったが本名かどうかも怪しい。あの術からして、山伏崩れかもしれん。修験道を修行したと申しておったからな。阿片を奪おうと乱入してきたようだ」

「ほう、修験道か。なるほど、修験者であれば、あのような摩訶不思議な妖術も駆使できるかもしれんな」

半信半疑の様子であったが、塚原は真中の話を一応受け入れた。

四

その日の昼下がり、外記と庵斎は深川佃町へとやって来た。

佃町は仲町(なかちょう)、櫓下(やぐらした)、裾継(すそつぎ)、土橋(どばし)、新地(しんち)、石場(いしば)と共に辰巳花街七ヶ所の一つである。

佃島への助成措置として享保(きょうほう)四年（一七一九）に深川八幡鳥居前通りの海際に二千八百四十四坪の土地が幕府から下賜された。ついで享保六年にも深川小松町近くの野原に三百八十坪の土地を支給されている。

漁師たちの網(あみ)を干す場所という名目で下されたのだが、前者は町屋として家作が成され、佃島の拝領地であることから深川佃町と称されるようになった。

ところが、明和(めいわ)期（一七六四〜七二）以降の深川芸者の流行は佃町にも及び、弦歌(げんか)さんざめく花街として発展した。佃島の漁師たちが網を干す「網干る」から、「あひる」と通称されている。

対して深川小松町の方は、幕府も目を瞑ることはできず、本来の目的である網干しの場所となっていた。

奢侈禁止令の折、他の花街は火が消えたようにさびれているが、ここばかりは賑わっている。それも佃島漁師の拝領地であることの遠慮から南北町奉行所が取り締まりを控えているからだ。

辰巳花街だけあって、辰巳芸者が闊歩し、音曲が聞こえてくる。近づいただけで、江戸ではないような気分に浸れた。

木戸の手前に笠屋があり、武士などはそこで笠を買って顔を隠して中に入るという趣向は吉原と同じである。

外記と庵斎は木戸を潜り、川柳の会が催される会所へと向かった。

会所に入り、二階の座敷に通された。

十人ばかりの商人風の男たちが車座になっている。主催者である佃島の町年寄、頑右衛門が外記と庵斎を快く迎えてくれた。

「取り締まり、佃もここは取る島でなし」

早速、庵斎が一句、捻った。

続いて外記が、

「奢侈禁止、斜に構えて大騒ぎ」

などと、和やかに川柳を披露していると、一人の浪人が入って来た。

「ここで、川柳の会が催されておるようだが」

浪人は塚原と申すと名乗ってから、どっかと座った。

「川柳は人を拒(こば)みませんぞ」

頑右衛門は塚原茂平次を受け入れた。

塚原はどっかと座り、おもむろに川柳を捻ろうとしたが唸(うな)るばかりで出てこない。とうとう一句も捻らなかったが、塚原はその後の宴にも加わった。

外記が、

「それにしましても、ここは賑わっておりますな」

「東照大権現さまのお蔭ですよ」

頑右衛門はにこやかに答えると、見えない家康に向かって頭を下げた。和やかな空気が流れる中、

「それにもかかわらず、恵比寿屋の馬鹿旦那がとんだことをしでかしたもんだ」

やおら、庵斎が憤った。

「あれは、佃島の面汚しですな。ご先祖さまに顔向けができぬでしょう」

頑右衛門も怒りを込めて与兵衛を非難した。

そこへ塚原も加わってきた。

「恵比寿屋、阿片を吸入しておったそうではないか」

「そうなんですよ」

庵斎は顔をしかめた。

「まさか、ここ佃町では阿片などという不埒なものなどは流行っておりませんな」

外記が問いかけると、

「ありません」

頑右衛門は強く首を左右に振った。

賑やかな酒の宴となった。外記のみは人形焼と番茶である。塚原が蒔絵銚子を持って外記に近づいて来た。

「ご隠居、一献、いかがでござる」

塚原は愛想笑いを浮かべたが、

「いや、この通りの下戸でしてな。酒なら、庵斎さんが引き受けます」

外記が言うと庵斎はうなずき、

「佃の酒、阿片ならぬ那辺かな」

などと川柳を口ずさみながら杯で酒を受け止めた。塚原も酌を受けた。

外記はまじまじと塚原を見返し、

「塚原どの……貴殿、確か……」

塚原は視線を外記から外す。

「もしや、観生寺にいらっしゃいませんでしたか」

外記に見つめられ、

「観生寺というと……」

探るような目で塚原は問い返す。

「ええっと、あれは、梅の花が咲いた頃でしたな」

「ああ、思い出しました。浅草田圃の寺ですな。そう、確かに参拝したな」

たった今思い出したかのように塚原は何度も首を縦に振った。それから、外記を見返し、

「あの時のご隠居でござるか。確か、手習いの師匠と一緒におられましたな。それと、もう一方(ひとかた)、あの方、江川太郎左衛門どのではござらんか」

「おお、よくご存じですな」

「ご隠居は江川どのとも懇意にしておられるのかな」

「懇意ではありませんが、尊敬しております。これからは、海防が何よりも大事ですからな。江川さまも阿片の流入には心悩ませておられました」

「そうでござろうな。しかし、問題は阿片がどこから江戸に流入してくるのかがわからないということでござろう」

ここで外記は思わせぶりに微笑んだ。

塚原はおやっという顔になり、

「いかがされた」

「江川さまから海防案を聞きました。優れた案でございましたぞ」

「ほほう、それは興味深い。是非ともお聞きしたいものだ」

「江川さまは、高野長英さまや尚歯会の先生方を牢屋敷から出し、共に海防に従事しようとお考えです。そして、要とするは佃島。言ってみれば佃島は江戸の臍、臍である佃島を守るため、佃島の前に人工島を築く予定だそうです。夷狄という雷から臍を守るのですよ」

外記は、得意のがはは笑いをしかけて思いとどまり、にっこりと微笑んだ。

「なるほど、佃島を江戸の臍とは言い得て妙。江川さまは、臍を是が非でも守ろうというのですな」

「まこと、江川さまのようなお方が佃島の味方になってくださるとはありがたい限りでございます」

臍の位置を確かめるように外記は下腹を撫で回した。横で庵斎も腹に手を当てた。

釣られるように塚原も臍を探り、

「臍は大事ですな」

「なるへそ、という妙案でございましょう」

外記の駄洒落に塚原は膝を叩いて愛想笑いを返した。気を良くしたように外記は続けた。

「江川さまは、高野さまや尚歯会の先生方と佃島に逗留して、人工島普請をお指図するおつもりです。そう、幕閣で計画が了承され次第にもすぐに取り掛かられるとか」

「なるほど、佃島、江川さま、尚歯会、そして江戸の臍ですか」

塚原は暗く淀んだ目をした。

塚原が出て行ってから庵斎が、

「お頭、仕込みはできましたな」

「餌に食いつきおった。鳥居と塚原はすぐにも動き出す。佃島を張り込んでおれば、企みを潰すことができよう」

外記はしめしめとほくそ笑む。久しぶりの役目に庵斎は楽しそうである。

「病み上がりだ。今回はこれくらいにしておけ。臍を出して寝るなよ」

外記に言われ、庵斎はもう一度腹をさすった。

五

二十八日の夜、小伝馬町の牢屋敷が炎に包まれた。

「三日後の暮れ六つまでに、回向院に集まれ。集まれば罪一等を減ずる。遅れたり、姿を現さなかった者は地の果てまで追いかけ、罪にかかわりなく死罪とする」

牢屋奉行石出帯刀が宣言した。

囚人たちは神妙な面持ちで聞き、銘々、牢屋敷を離れて行った。その中に辰五郎の子分が三人混じっている。

三人の前に塚原は立ちはだかると、

「おまえら、辰五郎の手下たちだな」

声をかけた。

昨日、深川佃町で、江川が佃島の外側に人工島を造り佃島を守るつもりである、しかも水野によってすでにその計画が了承されたらしいと聞き、鳥居に報告したところ、早急に佃島潰しを厳命された。

「何が江戸の臍じゃ。佃島が臍なんぞであるものか」

佃島を江戸の臍になぞらえたことが鳥居の怒りに火を注いだ。

最早猶予（ゆうよ）はなく、試行錯誤の末、牢屋敷に火を付け、権次郎たちを佃島へ誘い込もうと企てたのである。それには、権次郎たちと接触せねばならないが、まずは奴らの警戒心を解かねばならない。

塚原が鳥居の密偵であったことを知ったのだ。声をかけたところで塚原の言うことなど聞き入れはしないだろう。奴らを懐柔（かいじゅう）しなくてはならない。奴らは牢屋敷での厳しい吟味で心も身体も相当に疲弊（ひへい）しているはずだ。

疲弊を癒すものといえば、酒と女に限る。奢侈禁止の取り締まりが厳しい中、酒や女を存分に楽しめる所、奉行所の目を気にすることなく盛り場の賑わいを味わうことができる場所、深川佃町ならもってこいだ。

権次郎が塚原の顔を見て鬼の形相で睨みつけた。

「野郎、てめえ、よくも」

「権次郎、そう、いきり立つな」

塚原は余裕の笑みを投げかける。

「なんだよ」

権次郎は警戒心を呼び起こし、他の二人を見た。

「門太も久蔵も牢屋敷で苦労したようだな」

同情の眼差しを塚原は向けた。

「塚原さんよ、今頃何の用だよ。おれたちはな、親分を含めてあんたに騙されたんだ。あんたのお蔭で、こんな目にあっているんだぜ」

権次郎は紫色に腫れた目元を強張らせた。門太も久蔵も拷問で醜く変形した顔を非難で歪ませた。

「おれのことを恨むのはわかる。水に流せとは言わないが、ちょいとばかり、罪滅ぼしをさせてくれよ」

「罪滅ぼしってなんだい」

権次郎は鼻で笑った。

「楽しい所へ連れて行ってやろうと申しておるのだ。おまえらも知っているように、今、江戸の盛り場は火が消えたようだ。そうでなくても町方の役人が目を光らせている。それじゃあ、楽しめぬであろう」

塚原はにんまりとした。

「そりゃそうだ」

門太が賛同し、

「でも、どうせ、三日後に牢獄暮らしに戻るんだぜ。厳しいご吟味が待っているんだ。知りもしねえ阿片流入の道筋を白状しろって無理を問われるんだぜ」

久蔵は諦め顔である。

「だからこそ、楽しみたいとは思わないか」

塚原の言葉を受け、

「そんなに面白いところがあるのかい」

権次郎が興味を示した。

「飲む、打つ、買うは望みのままだ」

「また、おれたちを騙そうって腹じゃねえだろうな」

権次郎は上目遣いに聞いた。

「おまえたちを騙して、わしが得することでもあるのか」

塚原は鼻で笑った。

「そりゃそうだ」

門太はうなずく。刹那的な快楽をむさぼりたいようだ。しかし、権次郎はというと慎重な姿勢を崩さず、

「塚原さんよ、あんた、おれたちが阿片流入の道筋を知っていると思っていなさるんでしょう。それを白状させようって魂胆なんじゃねえんですか」

門太と久蔵の顔が引き締まった。

「おまえら……知っているのか」

塚原は目を大きく見開きギロリと三人を見据えた。

「冗談じゃねえ。知らねえよ。知っているのは親分だけだったさ」

権次郎はかぶりを振った。

「そうだろうな。だから、おまえたちから阿片流通の道筋を探ろうとは思わん。だから、なあ、楽しもうぞ」

満面の笑みで塚原は誘った。

門太が、

「兄貴、騙されたっていいじゃねえか。どうせ、おれたちは牢獄暮らしだ。ご吟味が終わったら、八丈島(はちじょうじま)に島流しだぜ。たとえ三晩でも、いい思いをしようじゃねえか」

門太の言葉に久蔵も大きく首を縦に振った。

「よし、いいだろう。塚原の旦那、よろしく頼むぜ」

権次郎が応じると門太と久蔵は喜色満面にうなずいた。

塚原は権次郎たちを連れて深川佃町の盛り場へやって来た。

木戸門の前に湯屋がある。

「まずは、さっぱりしようではないか」

塚原が誘うと、権次郎たちはありがたいと湯屋に入った。

湯から出ると二階に上がる。

みな、久しぶりの風呂だと喜んでいた。二階で、

「着物に着替えろ」

粗末な木綿のお仕着せではなく、糊の利いた縞柄の小袖を塚原から渡された。

「こりゃ、いいね」

門太はすっかり気分をよくした。

「さて、酒にするか」

塚原に連れられ、木戸から盛り場の中に入ると、板葺き屋根のみすぼらしい家に導かれた。庭には網が干されている。

「なんだ、しけた店だな」

門太が不服そうに鼻を鳴らした。

「まあ、そう言うな」

塚原は引き戸を開け、中に入った。

貧弱な外見とは違って真新しい畳が敷き詰められ、い草が香り立っている。床の間には青磁の壺が飾られ、三幅対の掛け軸はいかにも値が張りそうである。

「こら、高級料理屋並みだぜ」

権次郎が舌なめずりをした。

「そうだろう」

塚原は自慢げだ。

「ほんと、極楽気分だよ、なあ、兄貴」

門太などは手放しの喜びようである。

「酒と料理をな、どんどん、持って来てくれ」

塚原は景気よく声を放った。

お膳が続々と運ばれてくる。鯛の塩焼き、鯉の洗い、白魚の卵とじが膳を飾っていた。

「酒は上方からの下り酒だ」

塚原が言ったように蒔絵銚子の中でたゆたっているのは、澄み渡った清酒である。

「ありがてえな」

門太は生唾を垂らしながら、料理を食べ、酒を飲んだ。権次郎も夢中になって飲み食いしている。

やがて腹が満たされると、当然ながら女である。するとそれを待っていたかのように、女たちが十人ばかりぞろぞろと入って来た。

「好みの女を選べ」

塚原は言った。

門太と久蔵は目をぎらぎらとさせ、女たちの前に座った。女を選ぼうとしない権次郎に向かって、

「権次郎、うかうかしていると、好みの女を門太と久蔵に持っていかれてしまうぞ」

からかうように塚原が声をかける。

「女もいいが、塚原さんよ、腹を割ってくれねえか。罪滅ぼしなんて、くだらねえこと言わねえでよ、本当のことを打ち明けてくださいよ」

「娑婆（しゃば）を存分に楽しむだけでは不足か」

塚原は蒔絵銚子を向ける。

「そりゃそれでいいでしょうがね。納得できませんぜ。もやもやしたままじゃ、思う存分楽しめねえってもんだ。あんたにはきっと狙いがある。いや、あんたじゃなくって、鳥居

さまの狙いを知りてえな」

　権次郎は塚原の目を見た。

「おまえ、馬鹿じゃないな」

　塚原はにやっとした。

「ふん、からかっちゃいけねえよ。さあ、聞かせてくんな」

　権次郎は酒を飲み干した。

「おまえらを逃がしてやる」

「ふん、いい加減なことを言いやがって」

　権次郎は鼻を鳴らした。

「逃げたくはないのか」

「おいおい、言うに事欠いて、そんなでたらめを信じろっていうのか。いくら妖怪って二つ名がある御奉行さまだって、牢屋敷に放り込まれた罪人を逃がすなんてこと、なさるはずがねえ」

「鳥居さまではない。おれだよ。おれの裁量だ」

「あんたの……一体、どんな魂胆があるってんだ」

「おまえらを見込んでな、おまえらと組んで儲けたいんだ」

「何で儲けるんだい」

「押し込み、盗み、賭場、何でもござれだ」

「そんなことをしたら、またお縄になるのが落ちだよ。いや、悪事を働く前に捕まるよ。牢屋敷から解き放った罪人をお上は容赦しねえさ。地の果てまでも追ってきやがるぜ」

「そうはならない。おまえらは、牢屋敷から出て死んだんだ。いくら妖怪奉行さまだって、死んだ者をお縄にはできん」

「なんだって」

権次郎は目を剝いた。

「ほう、おれたちの身代わりを立てるんだ」

「身代わりをな。そりゃ面白そうだぜ」

納得したようで権次郎はうれしそうに笑った。

「どうだ」

「その話、乗ったぜ」

「そうこなくてはな。おれも、いつまでも鳥居の犬でいたくはない。一度きりの人生だ。面白おかしく暮らしたいぞ」

塚原は立ち上がった。おもむろに女の方へ行く。でれでれと女たちと話していた門太と

久蔵を蹴飛ばし、

「来い」

一人の女の手を摑んだ。

六

その晩、美佐江が自宅で休んでいると、腰高障子を叩く音で目が覚めた。こんな夜更けに何事であろうか。不安と危機感が押し寄せてくる。観生寺から程近い浅草田町一丁目の二階建長屋が美佐江の住まいだ。

いくら待っても叩く音は止まない。

美佐江は階段を下り、土間に降り立った。暗がりの中、腰高障子に身体を寄せ、

「どちらさまでしょうか」

囁くようにして問いかけた。

叩く音が止み、

「わたしだ」

短いながら、その言葉は美佐江の耳朶にしっかりと届いた。同時に心臓が早鐘のように

打ち鳴らされる。そして、これは夢なのだと胸がかきむしられた。

　言葉を返すことができないでいると、

「美佐江、わたしだ。開けてくれないか」

　間違いない。

　夫、山口俊洋である。

　どうして家に戻って来たのだろうという疑問が過ぎったが、それ以上に嬉しさと懐かしさに突き動かされ、

「ただ今、開けます」

　心張り棒を外し、腰高障子を開けた。

　月明かりにくっきりと刻まれた陰影はまごうかたなき俊洋である。粗末な浅葱木綿の単衣の胸元がはだけているのは、寸法が合わないからだ。

　牢屋敷暮らしが続いて、痩せ細っている。というか、やつれていた。げっそりとこけた頬には無精髭、月代も伸び放題であるが、それでも、やさしげに微笑むその面差しは以前と変わらない。

「あなた……」

　万感の思いが胸に込み上がる。

「お帰りなさりませ。どうぞ、お入りください」

事情が呑み込めないまま美佐江は俊洋を中に入れ、心張り棒を掛けた。

「牢屋敷が火事になった。焼け出されたわけだ。三日後の弥生一日の暮れ六つ、回向院に戻れば罪一等が減じられる。戻らなければ、問答無用で死罪というわけだ」

「そうでしたの」

脱獄したのではないという安堵と同時に、三日だけの期限という失望に襲われた。それでも、夫の無事な姿を見られたのはこの上なくうれしい。

「美佐江、苦労をかけておるな」

俊洋は言った。美佐江は首を左右に振り、近所の寺で子供たち相手に手習いの指導をしていることを語り、それが充実していることを言い添えた。

「それは一安心だ」

俊洋はうなずく。

やつれた夫の顔が涙に滲む。

「すまぬが、湯漬けを食べたい」

俊洋に頼まれ、

「これは気がつきませんで……。すぐにお支度します」

美佐江は目頭を指でそっと拭い、台所に立った。俊洋は座敷に上がり、小さく息を吐いた。疲労の色を浮かべながらも我が家に帰った安らぎを覚えているようだ。三日という短い時を少しでも安らいで欲しい。

湯漬けを調え俊洋の前に置く。御櫃から茶碗に飯をよそい、湯をかけて手渡した。俊洋は背筋をぴんと伸ばして食べ始めた。人参の糠漬けを嚙む音に懐かしさを誘われ、美佐江はまたも涙ぐんでしまった。

俊洋が湯漬けを食べ終えたところで美佐江は言った。

「先だって江川さまがおみえになって、あなたさまや高野さま、その他、蛮社の獄で投獄された方々の赦免を水野越前守さまに働きかけるそうです」

「江川どのらしい誠実さだな」

「エゲレスは清国との戦に勝利を収めつつあります。御公儀は危機感を強め、江戸湾に砲台を備えることを計画されました。ついては、砲台設置の企画を江川さまと鳥居さまに求められたのです」

鳥居の名前を出す時、美佐江は表情を強張らせた。

「その話は牢屋敷にも届いておる。高野どのは建白書を作成され、牢屋奉行石出帯刀どのに献上された」

「江川さまは、砲台設置をはじめ、これからの海防は是非ともあなたさまや高野さまのお知恵が必要なのだと、水野さまにお願いしてくださっておるのです」

「鳥居が奉行である限り、我らが赦免されることはあるまい。鳥居は我らを洋物かぶれとこき下ろし、蛇蝎（だかつ）の如く嫌っておるからな」

俊洋は顔を曇らせた。

「しかし、江川さまの案が採用されれば、赦免されるのではございませんか」

訴えかけるような美佐江に、

「それは望み薄だろうな。鳥居の狡猾さは、必ずや、我らの赦免を阻（はば）む」

「では、このまま牢屋敷での暮らしが続くのですか」

「三日後、回向院に戻れば罪一等が減じられる。入牢の日数が幾分か減らされる。さすれば、いつの日にか戻って来ることができよう。それでは不服か」

「いいえ、わたくしはあなたさまがご無事であれば、他に望むことなどありません」

美佐江の睫毛（まつげ）が寂し気に揺れた。

七

あくる二十九日の朝、外記は相州屋重吉の扮装で観生寺を訪ねた。美佐江の姿はなく、代わりに住職の妙観が子供たちに手習いを指導している。ホンファもにこやかに子供たちと接していた。

子供たちとお手玉をして遊ぶ姿は束の間の平穏が訪れているようで微笑ましい。浅草奥山の見世物小屋で披露していた芸がいかんなく発揮され、子供たちも大喜びだ。

春風も子供たちに絵を教えると称してホンファ会いたさに訪れていた。

春風が外記に気づき、濡れ縁まで出て来た。

「美佐江どのはどうした」

何をおいても気になってどうしようもないことをまず確かめた。春風は濡れ縁の隅に寄り、

「風邪でお休みなさっておられますが……これはわしの勝手な憶測ですぞ。昨晩の火事、小伝馬町の牢屋敷が焼け落ちたことと関わりがあるのではないかと」

「美佐江どののご主人は牢屋敷に投獄されておるのだったな」

「囚人には三日間の猶予が与えられているそうです。その間にご主人が美佐江さんの元にお帰りになっても不思議ではありませんな」

　春風は顎を撫でた。

「そうだな。よし、ちょっと、覗いてくるか」

　外記が言うと、

「お頭、野暮ですよ。貴重な時なんです。邪魔はいけません」

　春風は止めた。

　それでも、

「わかっておる。邪魔立てなどせん。わしはな、心配なのじゃ」

「美佐江さんがご主人と何処かへ行かれてしまうと恐れておられるのですか」

「違う。鳥居の動きだ。鳥居のことだ、これ幸いと山口どのや蛮社の獄で投獄した蘭学者の方々に危害を加えぬという保証はあるまい」

　外記の危惧を、

「なるほど、それはあり得ますな」

　春風は受け入れた。

「そういうことじゃ。ならば、わしは様子を見てくるぞ」

外記は階を下りた。

牢屋敷の火事、おそらく塚原の仕業であろう。辰五郎の子分を牢屋敷から出し、佃島に誘い込むつもりだ。塚原を焚きつけたのはいいが、塚原はまさしく牢屋敷を燃やしてしまった。洒落にならない強引さは鳥居譲りなのかもしれない。

人形焼を買い、美佐江が住む浅草田町一丁目の長屋の木戸に立った。周囲を見回す。怪しい者の姿はない。特に塚原茂平次に注意をしたが、幸いにもいないようだ。

木戸を潜り、美佐江の家の前に立った。

やはり、夫との貴重な時を邪魔してはならない、と、このまま立ち去ろうしたところで、

「何だ、覗き見か」

大きな声が聞こえ、振り返った途端に、襟首を摑まれた。顔を上げると、男が目を吊り上げていた。湯屋の帰りらしく、げっそりとした頰ながら艶々(つやつや)としている。

「いや、覗きではない。わしは怪しい者ではござらん」

外記が抗うと、

「怪しい者に限って自分は怪しくないと申すものだ」

「まことだ。美佐江どのに確かめてくだされ。貴殿は山口俊洋どのではないですかな」

「いかにも、わたしは山口俊洋だが、どうして知っておるのだ。やはり、探っておるのであろう」

俊洋の声が高まると腰高障子が開いた。美佐江が驚きの顔で外記と俊洋を交互に見て、

「ご隠居さま」

と、声を上げた。

「この爺、覗き見をしておったのだ」

俊洋は厳しい目で外記を睨んだ。

「違います。こちら、小間物問屋、相州屋重吉さんとおっしゃって、大変にお世話になっているご隠居さんなのですよ。いつも子供たちにお菓子を買って来てくださる、心優しいお方です。わたくしが手習い塾を休んでおりますので、きっと心配して様子を見に来てくださったのだと思いますよ」

美佐江に言われ、外記はその通りだと答えた。俊洋の誤解も解けたようで、

「これは、失礼致しました」

俊洋は言葉遣いも改めて非礼を詫びた。強張った表情が緩まり、優しげな面差しとなる。

座敷に通された。

そこで、改めて外記は挨拶をした。俊洋は美佐江が世話になっていると礼を言った。

ついで、

「それにしても、江戸は火が消えたようです。水野と鳥居の改革とやらが災いの元でありましょう。こんなことでは、海防もままなりませぬ。海防には金がかかる。公儀にその蓄えがあればよいのですが、台所事情がよくないと耳に致す。それゆえ、水野は改革と称して、倹約、倹約と馬鹿の一つ覚えのように叫び立てているのです。御公儀にゆとりがなくば、心ある商人たちに運上金を出してもらって大砲を買い揃え、砲台を築かねばなりません。砲台ばかりか、海軍も必要です。西洋に負けぬ大きな船、大きいばかりではなく、風の力を借りずとも蒸気というもので海面を滑るように走る船を建造せねば……。ま、いくら金があっても足りませぬな。それなのに、まったく、わかっておらん」

牢屋敷で溜まっていたであろう水野、鳥居への鬱憤、学者として海防に役立ちたい欲求を俊洋は迸らせた。圧倒されたように口を閉ざす外記を見て美佐江が言った。

「今日のところはそれくらいになさっては」

「せっかく、牢屋敷から解き放たれたのです。回向院に戻られるまではゆるりと過ごされてはいかがですか。美佐江どのとの時を大切になされませ」

快活に笑うと外記は家を出た。

木戸まで美佐江に見送られた。

「ご隠居さま、わざわざお越しくださいまして、ありがとうございました」

「つかの間の水入らずの時を邪魔しましたな」

恥ずべきとは思いつつも俊洋に抱いてしまった嫉妬(しっと)の念を悟られまいと、外記は足早に立ち去った。

八

三笠屋で義助は鯛を仕入れた。以前ならまばらに棒手振りがいただけだが今は黒山の人だかりである。棒手振りばかりではなく、大名屋敷の台所方役人も評判を聞きつけてやって来ている。

日の出の勢いにある三笠屋甲子太郎のことを義助はうれしく思った。三笠屋は大奥御用達となり、今や本小田原町の老舗問屋をも凌駕(りょうが)する魚問屋となっている。

棒手振り仲間も三笠屋甲子太郎の悪口をあからさまに言わなくなった。甲子太郎のことを恩知らずとか裏切り者呼ばわりする者もなくはないが、概(おおむ)ね、好意的な評判が聞かれる。

何しろ、恵比寿屋の奉公人から身を起こして、努力、工夫の末に大きな問屋を構えるに至ったのである。

棒手茶屋で一休みをしていると、年配の棒手振りの留吉が義助の横で煙草を喫んだ。

「とっつぁん、達者そうで何よりだよ」

義助が語りかけると、

「あたりめえだ。こちとら、百までも天秤棒担いでみせらあ」

留吉は意気軒昂だ。

「とっつぁんは魚河岸の生き字引みてえなお人だからな」

「まあ、いろんなことがあったよ」

「とっつぁんの目からしても、三笠屋さんの勢いはすげえだろう」

「ありゃ、異常だな」

留吉の言葉には剣呑なものが感じられた。

「どうしたんだい」

「いや、鯛の値が馬鹿に安いんでな」

「あれにはちゃんと三笠屋さんの工夫と努力があるんだよ」

得意げに義助は返した。

「どんな工夫だい」

「養殖と生簀屋敷だよ」

義助は甲子太郎の生簀屋敷について語った。

留吉は黙って聞き終えると、

「昔、それと同じことをやった魚問屋があったんだがな。なるほど、生簀屋敷かい。そりゃ考えたもんだな。だがな、生簀屋敷を設けていたとしても、安い。安すぎるぜ。大奥や御城に納める値が安いってのはわかるが、市中に流す卸値も御城並みってのはおかしい。一体、どこで儲けてるんだ」

留吉の目が尖った。

「赤字覚悟でやっているんだろうさ」

「赤字も赤字、大赤字だ。卸せば卸すほど、売れば売るほど、赤字を背負(しょ)い込むことになるぜ。甲子太郎は何を考えていやがるのか、危なっかしくて仕方がねえやな」

「甲子太郎さんだって、いつまでも赤字で商いを続けやしないさ」

「じゃあ、突然に値上げするのかい」

「そりゃわからないけど、当然、その算段はしているだろうさ」

甲子太郎を庇いながら義助も不安になってきた。まさか、自暴自棄になっているのではないだろうか。いくら新鮮な魚を安く提供することに執念を燃やしているからといって、そのために儲けを度外視すれば、三笠屋は潰れてしまう。

義助は三笠屋を覗いた。

甲子太郎は不在だった。

このところ、店には顔を出していないという。深川の生簀屋敷にいるのかもしれない。

義助は深川の生簀屋敷まで足を延ばすことにした。

深川佐賀町の生簀屋敷へとやって来た。

大川に面した堀には押し送り船が並んでいる。押し送り船とは生魚を運ぶ小型だが快速の船である。船首が鋭く尖り、長さ約四十尺、幅八尺余りだ。七挺(ちょう)の櫓(ろ)で走り、新鮮な魚を魚河岸に届けることが優先されるため、浦賀奉行所や船手番の荷改めの対象外である。

今日も三浦半島の沖合いから養殖した鯛が届けられているようだ。

義助は船の近くへ行った。

人足たちが忙しげに働いている。

すると、甲子太郎が出て来た。

「旦那……」

声をかけようとしたが、かけられない雰囲気である。普段の柔和な甲子太郎ではなく、ひどく険しい顔つきなのだ。顔つきばかりではなく、人足たちを叱責する様子は容赦がなく、まるで別人のようだ。

義助は黙り込んだ。

「早く、運ぶんだ。のろのろするな！」

激しい口調で怒鳴りつける。人足たちは鯛が入った木製の水槽を数人がかりで船から降ろしている。

すると、岸に架けた板から一人が足を滑らせてしまった。その拍子に水槽がひっくり返り、大川へと転落した。大量の鯛が大川へと落ちた。水飛沫(みずしぶき)が上がり、あっと言う間に鯛の姿は消えた。

「馬鹿！　何やっているんだ」

甲子太郎は血相を変えた。

人足たちは顔を引きつらせ、ひたすら頭を下げる。

「あれで、百両がおじゃんだ。おまえら、日当はなしだ」

甲子太郎は怒鳴った。怒鳴るだけではなく、人足たちを殴り、蹴飛ばした。甲子太郎にすれば、まさしく大事な鯛なのだ。怒るのも無理はないが、見たこともない今日の甲子太郎に義助は背筋がぞっとした。

この場を離れようと踵を返したところで甲子太郎と目が合った。甲子太郎は義助に気づき、怒りの形相を和らげた。吊り上がっていた両の目尻が下がり普段の甲子太郎に戻った。

「ああ、義助さん、こんにちは」

声音も優しくなり、義助の方に歩み寄って来た。義助も挨拶をしないわけにはいかず、ぺこりと頭を下げた。

「今日は、こちらのお得意回りかい」

愛想よく甲子太郎に尋ねられ、

「まあ、そんなところなんですがね、ちょいと、お取り込みの様子で、お忙しそうですから、また」

「いいじゃありませんか。このところ忙しくて、義助さんと話をしていないんですから。よかったら少しつき合ってください」

甲子太郎は縁台に腰掛け、茶を用意してくれた。

「ご商売、大変なんですね」

「楽ではありません。大奥御用達になったからには命がけです」

「わかります。旦那の顔つき、別人のようでしたもの」

甲子太郎は頭を掻き、

「ご覧になっていましたか。いや、みっともないところをお目にかけてしまいました。お恥ずかしい限りです。いけませんね、商売となると力が入ってしまい、我を忘れてしまいます。それで、ついつい人足さんたちに辛く当たってしまうのですよ。いけません、人間ができていませんね」

甲子太郎は自分で頭を叩き、いつも雇っている人足の都合がつかず、口入屋から斡旋された者たちを使っていたことを言い添えた。

「いやあ、棒手振りのあっしが言うことじゃござんせんがね、心配の声が上がっているんですよ」

「わたしにですか」

甲子太郎は首を捻った。

「いくらなんでも、三笠屋さんの鯛は安すぎる、あれじゃ、赤字が膨らむ一方だって」

すると甲子太郎は破顔して、

「そうですか、それで、義助さんも心配になってここまで様子を見に来てくださったんですね」

「正直言うと、おっしゃる通りです」

「それは、すいません。でもね、わたしも商売人の端くれです。赤字は覚悟の上でやっています。しばらく鯛は安値でいきますが、三笠屋の信用ができましたんでね、お得意の数が増えていくことでしょう。そうすれば、少しずつでも儲けが上がるようになります。言ってみれば薄利多売ということですよ」

笑顔で甲子太郎は話を締めくくった。

「なるほど、そういうこってすか。言われてみればもっともだ。やはり、問屋の商いはそうでなくっちゃあ。あっしら棒手振りみてえに、目先といいやすか、その日の儲けにばっかり気を取られていたんじゃわからねえこってすね。お話、よくわかりましたよ」

納得して義助は立ち上がった。

甲子太郎も立ち上がり、

「手前どもを心配してくださるみなさんにも、そのようにお伝えください」

と、にこやかに挨拶をした。

義助は頭を下げ、甲子太郎と別れた。

すると、先ほど木箱を落とした人足たちが歩いている。みな、首になったようだ。ぶつぶつと不満を並べ立てていた。甲子太郎の酷薄さを言葉を尽くして語る彼らに、義助は腹が立った。

「おい、なんだ。てめえらがどじだからじゃねえかよ」

義助が声をかけると四人は振り返り、義助を見返す。

「なんだてめえ」

一人の男が怒鳴り返してきた。

「三笠屋の旦那はな、赤字覚悟で命がけで商いをしていなさるんだ。ぴりぴりしているのは当たり前だろう」

「そりゃそうかもしれねえが、おれたちだってよ、何もいい加減な気持ちで荷を運んでいたんじゃねえんだ。足を滑らせて落としちまったのはな、妙な感じがしたんだよ」

「妙な感じって、くだらねえ言い訳をするんじゃねえ」

「言い訳じゃないよ。あの水槽はな、たぶん二重底になっているんだぜ」

「二重底だと」

義助はいぶかった。

「そうだ、何か鯛の他に隠されているんだぜ。ごろごろという音がした。箱に詰まった何かやばい物が隠してあるんじゃないか」

触らぬ神に祟りなしだと男は首をすくめ、三人を連れて足早に立ち去った。

二重底……。

甲子太郎はは百両損したと怒った。鯛が百両もするはずがない。とすると……。

義助の胸に深いわだかまりが残った。


日が落ちてから義助は生簀屋敷を覗いた。

庭には篝火が焚かれ、人足たちが忙しそうに働いている。水槽を生簀の側まで運び四人がかりで傾けると、水と共に鯛が生簀に落ちていった。水飛沫と鯛の跳ねる音に松の木が爆ぜる音が重なり、玄妙な世界をつくっていた。

「ほらほら、早く……急いで」

甲子太郎が叱咤する。

人足たちは汗まみれとなって、水槽から鯛を生簀に空けた。鯛を空けた水槽が次々と生簀の縁に置かれてゆく。やがて、全ての水槽から鯛が空けられ、

「みんな、ご苦労さん。一杯やっとくれ。今日は遅くまで頑張ってくれてすまなかったね」

甲子太郎は上機嫌で人足たち一人一人に一朱金を与えていった。日当とは別の駄賃のようで、

「旦那、こんなに頂いたんじゃ、このまま帰るのは申し訳ねえ。水槽も片づけますよ」

一人の人足が無造作に放置された水槽を見て申し出た。

「ありがとう、気持ちだけでいいよ。あとはあたしが片づけておくから。みんなは帰っておくれ」

甲子太郎は気遣った。すいませんと頭を下げて去ってゆく者もいたが、親切なのかお節介なのか、水槽に駆け寄る者たちもいた。すると、甲子太郎の顔が歪んだ。

ついで、

「帰れって言ってるだろう！」

凄い剣幕で甲子太郎は怒鳴りつけた。

人足たちはびくっとなって足を止め、頭を下げるとすごすごと屋敷から出ていった。

昼間、甲子太郎はいつも使っている人足の都合がつかず、今日は臨時雇いだと言っていた。水槽を片づけるのは臨時で雇った人足には任せられないというのか。

一人になったところで甲子太郎は物置小屋から金槌と鑿を持って来ると木でできた水槽の傍らに蹲った。水槽の底の四隅に鑿の先を宛てがい金槌で叩き始めた。篝火に照らされた甲子太郎の横顔は魔物に取り憑かれたようだ。一心不乱に金槌を振り下ろし、底板と側面に隙間が生じると鑿をねじ込み、力を込める。

こんな力仕事を人足たちに任せないとは、さっきの人足が言ったように、「やばい物」が隠してあるに違いない。甲子太郎に対するわだかまりは明確な疑惑となった。

滴る汗を着物の袖で拭い、甲子太郎は底板を取り外す。金槌と鑿を脇に置き、木箱を覗くと両手を差し入れた。

義助は生唾を呑み込む。

母親が赤子を抱き上げるような慎重さで甲子太郎は小箱を取り出した。篝火を鈍く弾く鉛の小箱は縦八寸（約二十五センチ）、幅と高さが四寸（約十二センチ）程だ。甲子太郎は地べたに置くと蓋を開けた。小判や銭ではない。茶色い粉だ。

阿片か……。

義助の胸は高鳴った。

甲子太郎は喜色満面となり、蓋を閉じるや生簀の縁に行き、そっと水中に沈めた。

と、義助は犬に吠えかかられた。

「あっちへ行け」

小声で犬を追い払う右手が生垣を揺らした。

「誰か戻って来たのかい」

甲子太郎が甲走った声を発した。

義助は足音を忍ばせ、生簀屋敷から離れた。

九

同じ日の夜更け、すっかりいい気分になった権次郎と門太、久蔵は塚原の案内で佃島に渡った。漁師たちの島である佃島は眠りの中にあった。しんと静まった島内を塚原に先導されて権次郎たちは期待ではちきれんばかりとなってついて行く。

やがて、佃島の鎮守(ちんじゅ)、住吉神社にやって来た。

「なんだ、神社じゃねえか。祭りんときはえらく賑わうが、ずいぶんと寂しいところだな」

権次郎は境内を見回した。

塚原はそれを無視し、境内を突っ切る。欲に駆られた権次郎たちは疑う素振りも見せずに従った。裏手は野原となっており、漁師たちの網が干してあった。一角に物置小屋があった。

間近に島影が浮かんでいる。石川島である。土塀が設けられているのは人足寄場からの逃亡を防ぐためだ。

「あそこだ」

塚原は物置に向かって顎をしゃくった。

「あんなちんけな小屋で何がお楽しみなんですか」

疑わしそうな門太に、

「奢侈禁止のご時世を憚ってのこったよ」

久蔵は言い、権次郎もうなずく。

塚原は物置の引き戸を開けた。中は真っ暗だ。権次郎たちが覗き込む。

「暗くてよくわからねえが、何か趣向でもあるのかい」

権次郎が言うと、

「まあ、入れ」

塚原は乾いた声で告げた。

首を捻りながら権次郎たちは物置小屋に足を踏み入れる。夜目に慣れてきて、

「網とか釣竿ばっかじゃねえか」

門太が不満げに言い立てた。

「よく見ろ、網と棹(さお)ばかりじゃないぞ」

塚原は床に置かれた木箱を足で蹴り、権次郎たちの前に置いた。

「こりゃ、阿片じゃねえか」

権次郎がいぶかしむと、

「そうだ。おまえたちが扱っていた阿片だ。おまえたちがエゲレスの商人から買い、佃島に持ち込んだんじゃないか」

塚原は言った。

「なんだと、おれたちはそんなことはしていねえよ」

権次郎が返すと門太と久蔵は顔を引き攣らせた。

「おまえたちは佃島の漁師たちと組んで、阿片の抜け荷をやっていたんだ」

「おい、塚原の旦那よ。一体、あんた、何を言い出すんだい」

権次郎は声を震わせた。

「黙れ、悪党。この塚原茂平次、南町御奉行鳥居甲斐守さまの命により、おまえたちを成敗する」

塚原は刀を抜いた。

月光を受け、刀身がほの白く煌めく。

「くそう、嵌めやがったな」

権次郎は外に出ようとした。門太と久蔵はいち早く外に逃げ出した。しかし、

「ひええ」

二人の悲鳴が夜空に轟く。

御用提灯の群れが迫って来た。

塚原は刀を大上段から振り下ろし、権次郎の脳天を割った。血潮を飛び散らせながら権次郎は倒れる。間髪を容れず塚原は門太と久蔵に追いすがる。二人は草むらにへたり込んだ。捕方が二人に縄を打った。

「こいつら、佃島の漁師と組み、阿片を持ち込んでおった」

塚原が叫び立てると捕方の人波が真っ二つに分かれた。真ん中を鳥居耀蔵が歩いて来た。捕物の陣頭指揮を執っているとあって、陣笠を被り、黒紋付に野袴を穿いていた。鞭を手に、

「塚原、ご苦労であった」

声高らかに塚原を褒め称えた。塚原は片膝をつき、答礼した。

「塚原の働きにより、辰五郎ら海賊どもの阿片入手に佃島の漁師どもが深く関わっておることが判明した。佃島の漁師ども、神君家康公の御恩を仇で返すとは憎んでも憎み切れぬ者どもじゃ。かくなる上は名主どもを引き立て、厳重なる吟味を行う」

意気軒昂となった鳥居の命を受け、捕方は漁師町に散って行った。

「塚原、佃島のことはおまえに任せた。これで、江川の申す江戸の臍は潰すことができる。すぐさま、江川太郎左衛門自身の臍を冷やしてやる。風邪をひかせるばかりではないぞ。江川を二度と起き上がれないようにしてやる。江川の臍に雷を落としてやるわ」

喜色を浮かべ、鳥居は舌なめずりをし、足早に立ち去った。

「よくも騙しやがって」

縄を打たれた門太が塚原をののしった。久蔵も憤怒の形相で塚原を見上げる。

「騙される方が悪いのだ。おまえらは、どのみち死罪間違いなしだ。あの世に逝く前にわしのお蔭で、思う存分酒と女を楽しむことができたのだ。感謝しろ」

塚原は声を放って笑いながら二人の鳩尾に拳を叩き込んだ。二人は昏倒した。

「むごいことをするものよ」

闇の中から声が聞こえた。

「だ、誰だ」

塚原は野原を見回す。

外記が現れた。黒小袖に黒の裁着け袴を身に着けているが素顔を晒している。

「貴様、何者だ」

「わからんか」

外記は顔を突き出す。宗匠頭巾と付け髭はないため塚原は相州屋重吉とは気づかない。

「元公儀御庭番、菅沼外記だ」

外記は言い放った。

一瞬の沈黙の後、

「菅沼外記……。やはり、生きておったか。よくぞ出て来てくれたな。おまえを斬れば、一層の手柄だ」

欲望で目を爛々と輝かせ、塚原は抜刀するや斬りかかってきた。

気送術を放つことは止めた。こいつとは剣で決着をつけよう。

が、外記は丸腰だ。

まずは塚原の刃を逃れるため後ずさる。

びゅんと夜風が鳴り、外記の肩先を白刃(しらは)がかすめた。

塚原は刀を八双(はっそう)に構えなおした。

すかさず、外記は跳躍(ちょうやく)した。

怪鳥(けちょう)のように舞い上がると木の枝に跨(また)がり、塚原を見下ろす。

「卑怯だぞ。妖術を使ったり、逃げ回るのが御庭番か」

塚原は怒声を放つ。
「よし、下りてやろう」
再び外記は跳び上がる。春宵の艶めいた空に、外記の身体は弧を描くや宙返りをした。
斬り落とそうとしてくる刃をかわし、外記は塚原の顔面を蹴った。
塚原は大きくよろめく。
塚原の前に着地をし、外記は塚原の腰に差された脇差を抜いた。
塚原は体勢を立て直し、刀を振り下ろす。
外記は脇差で受け止める。小柄な外記にのしかかるように塚原は刀を押した。
外記も押し返したが体格と力では敵わない。
外記の身体は弓反りとなって頭が地べたに着いた。
塚原は馬乗りになろうとした。
弓反りになったまま外記は塚原の股間を蹴り上げた。塚原は体勢を崩し、膝をつく。
すかさず、外記は払い斬りを放った。
塚原の胴から鮮血が噴き出し、仰向けに倒れた。
「おのれ……」
塚原は悔し気に呻き、心身を起そうとした。が、力尽き動かなくなった。

外記は門太と久蔵に駆け寄り、気合を入れた。二人は目を覚まし、驚きの目で外記を見返す。二人の縄を刀で切り、

「船で逃げろ。ちゃんと明日の暮れ六つに回向院に戻るのだぞ。戻れば、罪一等が減じられる。死罪は免れよう」

外記は語りかけた。

「あんたは……あんたは何者だ」

門太の問いかけに、

「誰でもよかろう。それより、急げ。捕方が戻ってくるぞ」

外記に言われ、二人は慌てて走り去った。

十

弥生一日の夕暮れ、回向院に集まる刻限が迫っていた。

外記と真中、それにばつが美佐江の家に着いたのは夕七つを迎えた頃合である。外記は真中を木戸に待たせ、ばつを伴い、格子戸を叩いた。

美佐江が出て来た。

「これは、ご隠居さま」

「ご主人はもう、回向院に行かれたか」

「ええ、それが」

美佐江は南町奉行所から同心が迎えの駕籠と一緒にやって来たことを話した。

「迎えの駕籠ですと」

外記は付け髭を撫でた。

「ええ、そうなのです」

美佐江の顔には微塵の疑いもない。

――おかしい。匂う――

「あの、なにか不審な点でも」

美佐江の顔が曇った。

「いや、そうでないことを願いますが。念のためです。後を追ってみましょう」

「でも、駕籠は四半刻ほど前に。それにもう夕暮れでございます」

美佐江は空を見上げた。夕焼けに濃い紫が入り混じり、風が冷たくなっている。

「ご主人の着物などあれば、ありがたいのでござるが」

外記はばつを見下ろした。美佐江は納得したように、家から俊洋の汗を拭いた手拭を持って来た。

「しばし、お借りし申す」

外記は言うとばつを連れ木戸に向かった。真中に簡単に説明する。

「さあ、ばつ。頼んだぞ」

外記は宗匠頭巾と付け髭を取り、ばつに手拭を嗅がせた。ばつは尻尾を立てると、勢いよく走り出した。外記と真中は黙々と後を追った。


外記と真中はばつに引率(いんそつ)され、暮れなずむ吾妻橋を渡った。陽が地平に沈みかけ、吹き抜ける川風に着物の襟をかき合わせて二人は走る。大川の水面(みなも)が黒々と波立っている。

ばつは橋を渡ると大川端を江戸湾に向かって下って行く。

「やはり、回向院でしょうか」

真中が聞いた。たしかにこのまま大川端を下って行けば、両国橋にぶち当たる。回向院はその近くだ。

「鳥居が尚歯会の山口俊洋を許すとは思えん。ましてや駕籠を差し向けるなど、あるはずがない」

外記は走りながら答える。息一つ乱れていない。真中は額に汗を滲ませ、声音に乱れが生じていた。修練に未熟を感じる。だが、外記以上に元気なのはばつである。薄闇が広がる往来を一目散に駆けて行く。

ばつの黒い身体が薄闇に溶け込んでいるが、夜目に慣れた二人の目にはしっかりと捉えられていた。

やがて、入堀に架かる石原橋(いしわらばし)を渡ったところでばつが左に折れた。ここで、ばつの歩速が上がる。外記と真中も見失うまいと速度を上げる。

ばつは南本所石原町の街並みが見えると右に折れ、公儀御竹蔵(おたけぐら)を右手に眺めながら進み、通りを左に入った。そこから、大横川(おおよこがわ)までの真っ直ぐな道をばつは全速力で走って行く。

「そうか、韮山代官所だ」

外記は言った。たしかに、韮山代官所の江戸屋敷はこの先、本所南割下水にある。

走りながら外記は丹田呼吸を繰り返した。ゆっくりと息を吸い、一旦止めて、ゆっくりと吐き出す。走りながらにもかかわらず、少しの乱れもなく丹田呼吸をし、脈打つこともなく全身に血が駆け巡る。

俊洋を乗せた駕籠は犬山恭介に先導され、韮山代官所江戸屋敷の裏門近くに止まった。闇が濃くなり、南割下水のせせらぎが聞こえる。駕籠は地に下ろされたままである。

どうなっているかと、俊洋は垂れを捲った。犬山の姿ばかりか駕籠かきもいない。

俊洋は不安が込み上げ外に出た。おぼろに霞んだ夕空に星が瞬き、犬の遠吠えが聞こえる。やがて、足音が近づいてきた。

複数の男たちである。いずれも、黒い頭巾を被り、黒装束に身を包んでいる。男たちは俊洋に近づくと抜刀した。抜き身を翳し、男たちはひたひたと迫る。

すると、ありがたいことに屋敷の裏門が開いた。

「や、これは」

韮山代官所の役人が驚きの声を上げる。男たちは刀を向け、じりじりと俊洋を裏門に追い詰める。

「さあ、入られよ」

役人は俊洋を手招きした。俊洋は屋敷に向かおうとした。

その時、

「待たれよ!」

春の夕べを切り裂く声が轟いた。

声の主は外記である。外記は真中と共に男たちと俊洋の間に飛び込んだ。

「韮山代官所に入っては、鳥居の思う壺ですぞ」

外記は声を放った。

「そうか、鳥居の罠か。おのれ、性懲（しょうこ）りもなく」

俊洋が事態を理解し怒声を放った。

鳥居の罠である。俊洋を韮山代官所に逃げ込ませる。江川が囚人である山口俊洋を匿（かくま）ったという体裁を繕おうと企てたのだ。山口俊洋と江川太郎左衛門を葬るための鳥居の悪謀であった。

その罠に俊洋と韮山代官所も陥るところだった。

「門を閉じられよ」

真中は代官所の役人の前に立った。役人は言葉を呑み込み、言われるまま門を閉じた。

「おのれ！」

甲走った声を発し、男たちは俊洋に斬りかかった。

「でや！」

外記は右手を差し出した。

薄暮（はくぼ）に陽炎が立ち上る。

斬りかかった男たちが揺らめくや、力士の突っ張りを受けたように後方に吹き飛んだ。

一緒に俊洋も横転したが、

「さあ、急がれよ」

真中に抱き起こされた。外記は俊洋を背中に庇った。

「行きますぞ」

俊洋は外記に引率され暗がりに踏み出した。ばつも従う。真中は残る男たちと対峙した。その数、五人。

五人は真中を囲んだ。真中は刀を鞘に納め、深く息をした。暮れゆく夕陽が真中の顔を浮かび上がらせる。五人のうち、二人が左右から斬りかかって来た。

真中は腰を落とし、抜刀すると右の敵の首筋に峰打ちを放った。同時に、左からの敵はいなすとそのまま残る三人に向かった。三人は虚をつかれ、あわてふためく。

真中は一人の籠手、一人の胴、一人の首筋を峰打ちにした。そして、残る一人の刀を撥ね上げた。刀は茜空に向かって飛んだと思うと一直線に地に突き刺さった。

真中は刀を大上段に構えた。残った一人は悲鳴を上げながら逃げ去った。犬山恭介である。


外記は俊洋を先導し薄暮の中をひた走った。回向院まではもうすぐである。すると、ばつが立ち止まり唸り声を上げた。外記は慎重に辺りを窺う。旗本屋敷の築地塀が黒々と横たわっている。

黒い影が築地塀の屋根から飛び降りて来た。外記は俊洋を背中に庇った。

「でや！」

気送術が炸裂(さくれつ)する。陽炎の揺らめきに包まれ、影が二つ後ろに吹き飛んだ。俊洋は固唾(かたず)を呑み、成り行きを窺っている。

「でや！」

続いて気送術が放たれる。影が三つ吹き飛んだ。外記は俊洋を伴い、走り出した。さらに影が一つ前を塞いだ。外記は相手の懐に潜り拳を鳩尾に放った。闇の中に呻き声が漏れた。

俊洋は回向院の山門に駆け込んだ。

その時、暮れ六つを告げる鐘の音が響き渡った。

鐘の響きは鳥居の陰謀を打ち砕く力強い音色であった。

俊洋はふり返り外記と目を合わせた。外記が見返すと俊洋の目がはっとしばたたかれた。

「ご隠居……」

声は聞こえなかったが俊洋の口がその言葉を発した。

ついで俊洋は深々と腰を折った。

まずは仕事が終わり、ほっとした。

そこへ、義助がやって来た。

「お疲れのところ、すみませんがよろしくお願いします」

義助は神妙に頼んだ。

外記はうなずくと、義助と共に深川佐賀町にある甲子太郎の生簀屋敷へと向かった。


生簀屋敷は篝火に照らされ、甲子太郎が大きな生簀の前で宴を催していた。芸者をはべらせ、男たちを従えている。生垣の陰に身を潜ませ、外記と義助は様子を窺った。

男たちはだらしなく着物を着崩し、下劣な言葉で芸者たちをからかっている。夜桜の優美さには不似合いな荒らくれ者だ。

「いいかい、魚河岸はあたしの物になるんだ」

ほろ酔い加減の甲子太郎は意気軒昂である。

男たちも気勢を上げた。

「さあ、どんどん飲んでおくれよ。今夜は無礼講（ぶれいこう）だ。あたしはね、本当に感謝しているんだよ。辰五郎親分とおまえさんたちにね。去年の今頃だったかね、恵比寿屋の親子に愛想をつかして、辰五郎親分の賭場に出入りをするようになったのは。賭場じゃ勝ったり負けたりだったけど、おまえさんたちが海賊だったって聞いて思いついたんだ。おまえさんたちと組めば、阿片で大儲けができるってね」

酒と成功に酔いしれた甲子太郎は得意げにまくし立てた。

「あの連中、辰五郎一味の残党だな。甲子太郎め、この生簀屋敷に残党を匿っていたのだ。うまいこと、南町の目をくらましていたというわけだな」

声を潜めて、外記は義助に語りかけた。

「香港から辰五郎一味が阿片を運んで来て、浦賀の手前で押し送り船に積み替えたってこってすか。ああ、そうだ。甲子太郎は三浦半島の沖で鯛の養殖をしていますよ。きっと、そこで阿片を受け取っていたんですね」

義助は得心が行ったようにうなずいた。

「三笠屋甲子太郎、悪知恵が回り、胆（きも）が据わっておるな」

外記の言葉を受け、

「あいつは魚河岸の面汚しですよ。魚を阿片密輸の道具にするなんて……あんな野郎に長太が殺されたなんて、あっしゃ許せねえ。お頭、まずは、あっしにあいつの悪事を暴かせてくだせえ」

義助は天秤棒を肩に担ぎ木戸から屋敷の中に入って行った。

「お楽しみのようですね」

義助が木戸から入って来た。

宴に水を差され、甲子太郎は一瞬だがむっとしたもののすぐに満面に笑みをたたえ、

「義助さん、よく来てくれたね」

「お邪魔じゃござんせんかね」

「邪魔なわけないよ。さあ、こっちへ来て」

甲子太郎に招かれ、義助は毛氈(もうせん)に座り、天秤棒を脇に置いた。

「それにしましても、賑やかな宴ですね」

義助は周囲を見回した。

「たまには、骨休めも必要だよ」

甲子太郎は笑顔で返す。

「ずいぶんと稼いでいらっしゃるんですね」

「儲かってはいないけどね、手助けしてくれているみんなを慰労(いろう)しようって、今夜は無理をしたよ」

「手助けって、この連中、魚河岸の者じゃござんせんね」

義助は男たちを見た。

そっぽを向く辰五郎の子分たちに代わって甲子太郎が答えた。

「みんな、荷揚げ人足さんですよ。うち専門に働いてもらっているんだ」

「そうですかい。ところで、旦那、阿片を扱っていたっていう伊予の辰五郎の子分たちで、まだ捕まっていないのがいるらしいですよ」

義助の言葉に子分たちは顔を歪める。

「義助さん、まさかとは思うが、勘違いをなさっていませんか。この人たちは何とかの辰五郎なんていうやくざ者の子分なんかじゃありません」

「おや、三笠屋さん、辰五郎がやくざ者だってご存じなんですか」

義助に聞かれ、甲子太郎は言葉を詰まらせたが、

「義助さんの口ぶりからやくざ者だって思ったんだよ。それより、どうしたんだい。今日の義助さんはおかしいよ。馬鹿に絡んでくるじゃないか。あたしが花見の宴を催していることがそんなに気に食わないのかい」

「こりゃ、ご機嫌を損じてしまってすみませんね。あれ、今日は鮪はないんですかね」

用意された料理は鯛の塩焼き、鯉の洗い、白魚のかき揚げはあるが、あれほど口を極めて勧めていた鮪はない。

するとやくざ者の中から、

「鮪なんて下魚、食うわけねえだろう」

という声が上がったため、

「食わず嫌いはよくないよ」

義助は返す。

「義助さん、喧嘩しないでさ、機嫌よく飲んでいっておくれな」

「なら、ご馳走になりますがね。それにしても、豪勢な宴だ。薄利多売でよくこれだけの宴を催すことができますね」

「義助さん、いい加減にしとくれよ」

甲子太郎の目が尖った。

「何で儲けたんですよ。いえね、鯛の養殖じゃああんな安い値段じゃ卸せないって、そんなことを耳にしたんでね」

「あたしは、努力しているんだ」

甲子太郎の声音が暗く淀んだ。

「じゃあ、努力の成果を拝ましてもらいましょうかね」

義助は立ち上がると天秤棒を担いで生簀に向かった。

「おい、何をしようってんだ」

　やくざ者に止められたが義助は無視して生簀の縁まで歩いた。縁に着くと天秤棒を置き、代わりにたもを拾い上げる。そこへ、甲子太郎が慌てた様子でやって来た。甲子太郎は義助からたもを受け取り、鯛をすくい上げた。鯛はばたばた跳ねながら引き上げられた。

「活きがいいだろう」

　甲子太郎は自慢げに言う。

「ほんと、いい鯛ですね。でも、あっしが見たいのは鯛じゃないんですよ。三笠屋さんの儲けの種を知りたいんです。種明かしをしてくださいよ」

「だから、魚河岸の一膳飯屋で説明しただろう。これが種明かしだよ。蓄養した鯛をここで飼っているんじゃないか」

　甲子太郎はむっとした。

「本当の儲けの種ですよ」

　言うや義助は生簀の中に飛び込んだ。

　水飛沫が上がり、鯛の群れが乱れ散る。

「何をするんだい」

　甲子太郎が目を剝くと、

「もう、我慢ならねえ」

やくざ者が腕まくりをした。

義助は生簀の底を手探りして鉛の箱を探り当てるや腰を屈(かが)めて持ち上げた。

「やめろ、馬鹿！」

甲子太郎は血相を変えた。

「これが儲けの種ってことですよ」

義助は言った。

やくざ者が生簀の周りを囲んだ。

「三笠屋さん、考えましたね。蓄養した鯛と一緒に阿片を運んだんだ。魚河岸の押し送り船は検めを受けませんからね。何しろ、新鮮が命の魚を運ぶわけですからね。あんたは、それをいいことに鯛を運ぶと見せかけて阿片を運んでいたんだ。阿片でしこたま儲けているから、鯛で多少の赤字が出てもかまわなかった。他の問屋が追いつけないような安値で卸し、大口のお得意を独り占めにして、魚河岸を牛耳(ぎゅうじ)ろうって魂胆なんでしょう」

義助が責め立てると甲子太郎は冷笑を浮かべ、

「棒手振りにしちゃあ、頭が回るじゃないか。その通りさ。見破ったことだけは誉めてやるよ。でもね、種を知ってしまったからには帰らせるわけにはいかないね」

「あっしもね、あんたのような悪党を見過ごしにして帰るつもりはないよ」

「長太といい、馬鹿に付ける薬はないね」

甲子太郎はやくざ者をけしかけた。

「そらよ」

鉛の箱をひっくり返し義助は阿片を生簀にぶちまけた。茶色の粉が夜空に舞って生簀に飛び散り、水面を揺らした。

甲子太郎は口を半開きにした後、真っ赤になってがなり立てた。

そこへ、外記が歩いて来た。

「なんだい、おまえ……」

甲子太郎は戸惑いを示したが、

「二人とも始末しな」

やくざ者に外記も殺すよう命じた。

池の中から義助がばしゃばしゃと水をやくざ者にかけ始めた。水を浴びせられ、やくざ者はひるむ。

外記はやくざ者の群れに向かって、

「でや！」

右手を差し出した。

夜というのに陽炎が立ち上る。陽炎にやくざ者たちが揺らめき、巨人に殴られたように一斉に吹き飛んだ。生簀に落下し、水飛沫を上げ手足をばたばたと動かした。

義助は池から上がると、天秤棒で甲子太郎を殴り倒した。

外記は地べたをのたうつ甲子太郎の襟首を摑んで立たせ、

「おまえは、辰五郎一味が香港から運んで来た阿片を、鯛を蓄養している三浦半島沖で受け取り、荷検めのない押し送り舟に積み替えこの生簀屋敷まで運んでいたんだな」

「は、はい」

勢いに押されるように甲子太郎は認めた。

その時、

「御用だ！」

という声が上がった。

外記は甲子太郎の悪事を書き記し、北町の隠密同心、服部に送ったのである。

「あとは北町に任せよう。がははは っ」

勝利の大笑を上げ、外記は義助に命じた。

弥生五日の昼下がり、外記と庵斎は観生寺を訪れた。満開は過ぎたが桜は境内を彩り、大勢の参拝者が花見をしている。

本堂には上がらず外記と庵斎も桜を愛でた。

北町奉行所が甲子太郎と辰五郎一味の残党を捕縛し、佃島漁師たちの濡れ衣は晴れた。佃島に砲台を据えるという鳥居の計画は幕閣に却下された。水野忠邦も鳥居の計画を推すことはなかった。江川太郎左衛門の計画が実施される予定である。但し、江川が強く進言した高野長英たち尚歯会の学者を小伝馬町の牢屋敷から解き放ち、海防計画に参画させることは見送られた。

俊洋は解き放たれることはなかったが、通達された日時通り回向院に戻ったため、入牢の期間が短縮されるそうだ。

春風は本堂でホンファと美佐江相手に話し込んでいる。

辰五郎一味が香港から運んで来た阿片を、甲子太郎が江戸に持ち込んでいたことが判明し、その結果甲子太郎は北町奉行所に捕縛されたという顚末(てんまつ)を告げているようだ。

「美佐江どの、お志摩さんに似ていますな」

不意に庵斎は言った。外記は苦笑するばかりで返事をしない。

庵斎はホンファに視線を移し、

「行く春や唐渡り花　空遠く」

と、一句捻った。

強い風が吹いた。桜の花弁が舞い、外記と庵斎を包んだ。

「ホンファという娘、清国に帰さなくてよろしいのですか」

庵斎の問いかけに、

「ここに預かってもらった時にも考えたのだが。ホンファの身内は辰五郎一味に殺されてしまった。とはいえ、香港には友人、知人もおろう。ひょっとして、好いた男もおるやもしれぬ。帰るかどうか、ホンファに任せておる。帰ると決断したら、帰す算段をするつもりじゃ」

外記はホンファを見つめた。

ホンファが本堂から濡れ縁に出て来た。

外記も階を上がって濡れ縁に立った。

「ご隠居さん……」

たどたどしい言葉で語りかけるとホンファはにっこり微笑んだ。

「寂しくはないかな」

外記が問いかけるとホンファは小首を傾げた。

「故郷が懐かしくはないか」

　重ねて問いかけると、

「……コキョウ……」

　言葉が通じなかったようでホンファは笑みを引っ込めた。外記は説明しようとしたが何でもないと手を左右に振った。

　ホンファは西の空を見上げ、しばらく佇んでいたが、やおら歌い始めた。花見の雑踏にあっても、外記の耳朶深くにまで届く清らかな声音だ。唐土の歌詞であるが憂いを帯びた調べは、ホンファの望郷の念を物語っていた。

　外記の胸と目頭が熱くなった。

　強い春風に吹かれ桜の花弁がホンファに舞い落ちる。桜吹雪に包まれた一輪の唐渡り花が涙に霞んだ。


「あいつ……」

　桜の陰から犬山恭介がホンファを凝視していた。

「日本人のふりをしてやがるが、唐人一座にいた女に違いない」

　犬山は不気味にほくそ笑んだ。

光文社文庫

文庫書下ろし／長編時代小説

唐渡り花　闇御庭番(四)

著者　早見俊

2019年6月20日　初版1刷発行

発行者　鈴木広和
印刷　新藤慶昌堂
製本　榎本製本

発行所　株式会社　光文社
〒112-8011　東京都文京区音羽1-16-6
電話（03）5395-8149　編集部
8116　書籍販売部
8125　業務部

落丁本·乱丁本は業務部にご連絡くだされば、お取替えいたします。
ISBN978-4-334-77869-9　Printed in Japan

組版　萩原印刷

KOBUNSHA